Schwäbische Jugend

Gernot Dilger

schweikert bonn verlag Stuttgart

ISBN: 978-3-940259-13-4

2. Auflage 2009
1. Auflage erschienen unter dem Titel „Pietkong“
Satz und Typografie:
schweikert bonn verlag stuttgart
gesetzt aus Palatino Linotype
Druck: Schaltungsdienst Lange, Berlin

für Ulrike

Vorwort 8

Prolog 11
Ein dummer Streich 13
Die Kugel darf das Land nicht verlassen! 15
Schießen macht Spaß! 17
Oma und die Landplagen 19
Die Hölle auf Erden 22
Das Leben ist eine Plage – s'Leba isch a Plag! 24
Das schöne Landleben 26
Erntezeit 27
Schule für die Braven 28
Lohn 30
Die Besatzer – Mai 1945 32
Eine wichtige Aufgabe 33
Auf d'Gass 35
Im Apfelhimmel 36
Die Fabrikanten 37
Im nahen Eichenwald lag unser Trainingscamp 40
Gürklesgeschichte! 41
Eine andere Welt – Zwischen den Welten 44
Das andere Geschlecht 48
Schule 51
Umzug – Schulwechsel 53
Wie das Leben im Dorf geregelt wurde 54
Das Wochenende 55
Samstag – der sechste und letzte Tag der Arbeitswoche 57
Am Sabbath sollst du ruhn – Der siebte Tag 59
Pubertät 61
Die ersten Versuche beim anderen Geschlecht 62
Konfirmation – Der Eintritt in die Erwachsenenwelt 65
Der Tag der Tage 69
Eroberung der Umgebung 73
Es geht uns gut 77
Vorbilder 79
Meine Zelluloidwelt 82

Kritisches Denken 84
Berufsfindung 84
Die Lehre 85
Eine bequeme Reise 87
Meine erste Liebe 93
Konflikt mit dem Vater 102
Bergunfall 104
Reise nach Italien 108
Wer eine Reise tut 110
Bei den Pyramiden 118
In der Wüste 119
Am Kanal 121
Schilfsmeergeschichte – Durchzug durchs Meer 122
Ostern in der koptischen Kirche 123
Amöbenruhr 123
Heimkehr 124
Im Kibbuz 124
Jerusalem 134
Berufsfindung – Was soll ich werden? 138
Kirchentag 139
Meine Ausbildungsstätte 145
Im pädagogischen Neuland 147
Die angenehmen Seiten im Heimalltag 149
Praktikum in der Vorstadtgemeinde 151
Die theoretische Ausbildung 152
Kirche im Umbruch 152
Qumran 154
Urchristentum 156
Bibelschule Beatenberg am Thuner See in der Schweiz 156
Ausbildungsabschluss 160
Meine erste „richtige“ Stelle! 161
Schon wieder Schule! 163
Weihnachten – Unser Weihnachtsspiel 170
Aller Anfang ist leicht 174
Sozialer Einsatz 176
Schwäbische Aussichten 177

Vorwort

Gernot Dilger, der hier den ersten Teil seiner Erinnerungen vorlegt, entstammt einer schwäbischen Bauernfamilie, deren mütterliche Seite tief im Pietismus verwurzelt ist. In dieser speziellen Form, sich das Leben schwerer zu machen als nötig - „dia gangad zom Lacha en dr Kellr“ - mögen viele Leser ihre eigene Prägung wiedererkennen, vermutlich auch dann, wenn sie sich zeitlich oder weltanschaulich weit davon entfernt glauben.

Einer Generation zugehörig, die mitten in den Krieg hineingeboren und deren Jugend dann doch von der Thermik des Wirtschaftswunders erfasst wurde, lässt uns Gernot Dilger teilhaben an den Freuden und Nöten eines von Fluchtinstinkten und erotischer Abenteuerlust getriebenen, letztendlich aber doch immer wieder im Schoß der Kirche landenden, „Lockenkopfes“ – worunter man sich die am besten noch von Bob Dylan verkörperte Unlust vorzustellen hat, sich die Flausen austreiben zu lassen. Die Welt, die sich dem Heranwachsenden zwischen den hehren Glaubenswahrheiten der Mutter, dem Feldwebelgebaren des Vaters und dem als Hallodri verschrienen Onkel, zwischen Wildwestromanen, Stuttgartausflügen und Bibel auftut, enthält jedenfalls den Stoff, aus dem die Träume sind.

Was den frisch konfirmierten Buben zunächst einmal mit dem neuen Dreigangfahrrad über die Schwäbische Alb ins Oberland, dann über Aachen nach Holland, später per Anhalter nach Italien, auf dem Schienenweg nach Griechenland, mit dem Schiff nach Ägypten, per Flugzeug nach Israel und den Reformbewegten schließlich auf den Kirchentag nach Berlin treibt, ist unschwer nachzuvollziehen. Das in Schlagern verbreitete Fernweh der fünfziger Jahre findet hier allerdings zu seiner individualtouristischen Variante; eine Entwicklung, die in den sechziger und siebziger Jahren die Jugendlichen der Wohlstandsländer in immer exotischere Fernen getragen hat, auch in mentaler Hinsicht.

Die Idee beispielsweise, Urchristentum und Urkommunismus in eins zu denken, wurde in den südamerikanischen Befreiungstheologien jener Zeit politisch scharf gemacht und hierzulande von den radikaleren Elementen innerhalb und außerhalb der Kirche begierig aufgesogen. Etwas von dieser Neubesinnung auf die revolutionären Wurzeln des Christentums hat Gernot Dilger in seinen zahlreichen kirchlichen Funktionen in die Schulen und in die Gemeindearbeit tragen können. Als progressiver, will sagen: traditionsabgewandter Religionslehrer war er bei seinen Schülern beliebt, nicht zuletzt wegen seiner Fabulierlust, mit der er den als langweilig verschrienen Unterricht durch eine hohe Zufuhr von „Selbsterlebtem" würzte.

Doch anders als bei der noch von ihren Kriegserlebnissen zehrenden Vorgängergeneration waren diese Geschichten nicht retrospektiv orientiert, sondern konnten den nur wenig jüngeren Schülern offenbar das Gefühl vermitteln, das Leben habe erst angefangen und stecke noch voller Abenteuer. Es kommt eben, hätte er ihnen sagen können, darauf an, was man jeweils daraus macht.

Ein Teil dieser Geschichten ist wohl auch in das vorliegende Buch eingegangen. Einigen merkt man an, dass sie nicht zum ersten Mal erzählt worden sind. Und dennoch gleiten sie an keiner Stelle ins gefällig Anekdotische oder Glattgeschliffene ab. Auch versucht der Autor nie, das Erlebte ins allzu Sinnfällige zu übersetzen. Der nicht streng chronologisch angeordnete Text lebt von der genauen Alltagsbeobachtung und von den bisweilen ins Skurrile hinüberspielenden Personenporträts. Es ist jedenfalls eine Kunst für sich, eine stinknormale Konfirmation so zu schildern, dass sie nicht mehr, aber auch nicht weniger bedeutet als die Summe all ihrer Peinlichkeiten – und dennoch durchblicken zu lassen, dass man einzig auf diese rituelle Weise die Schwelle zur Welt der Erwachsenen übertreten konnte.

Harry Walter

Prolog

„Wo isch der Kerle?" Opas kratzende, altersbronchitische Stimme hallte durch den kleinbäuerlichen Hof, prallte an der hinteren Stallwand ab, zog abgebremst an der gelb-braunen Salpeterschicht weiter, strich abgedämpft vom weichen, aufgeschichteten Mischwaldholz an mir vorbei. Im Schopf, in der Ecke einer schützenden Holzbeige hockend, mein heiliges Buch auf den nackten Schenkeln, entführte die aufgeschlagene Seite mich an den Felsabgrund einer klaffenden Eiswasserschlucht im fernen Alpenland. Eine schwarze Gestalt, eingehüllt in ein wallendes Gewand, absprungbereit zum gegenüberliegenden, rettenden Fels, drehte sich kurz noch einmal um. Aus dem kohlenverschmierten Gesicht traf mich ein stechender Blick. Mein rasendes Herz forderte: „Spring, ehe es zu spät ist!" „Bleib stehen, oder ich schieße!", tönte eine andere herrische Stimme aus dem Mund eines grünberockten Beamten. Unter der rechten Achsel klemmte der Schaft seines limitierten Tötungswerkzeugs, die Linke stützte den Gewehrlauf. Mein Herz gehörte dem Wildfrevler. Schuldlos in Not geraten. Zu Hause eine leidgebeugte Frau, weinende hungrige Kinder. Aber der Andere tut seine Pflicht, macht, was er machen muss. War Opa ein genau so eifriger Beamter gewesen?

Auf dem goldgestanzten Namensschild an der holzsplittrigen Haustüre prangte in schwarzen Lettern: Gustav Flattich, Beamter a. D. Welche Funktion Opa im deutschen Staatswesen erfüllte, wusste ich nicht. Später erfuhr ich, dass er bei der Polizei war. Nichts über seine Stellung, geschweige über seinen Umgang damit. Bis heute weiß ich nicht, wie man damit umgehen soll und ob es einfach unbedeutend war für ihn und seine Umgebung. Da gab es eine Geschichte, die ich in Gedanken ausbaute.

Kurz vor Kriegsende verteidigte ein Grüppchen versprengter deutscher Soldaten Opas Heimatdorf, mitsamt dem auf der Höhe thronenden Schlösschen. Die verwunderten Alliierten beschlossen kurzen Prozess mit den Verteidigern und dem unbedeuteten Bauerndorf zu machen.

Eilfertig vergrub der pflichteifrige Beamte seine Schreibmaschine. Zuerst rieb er alle Teile mit Rapsöl ein. Wickelte eine Unmenge Zeitungspapier drum herum, die Oma stöhnen ließ, ob der Verschwendung des kostbaren Materials, welches Opa sonst mit Akribie in verwendbare Teile für den Abort in brauchbare Größe mit seinem scharfen Feldmesser schnitt. Mit alten Säcken, die selbst Oma nicht mehr flicken konnte, verschnürte der Besorgte die Mumie. Das ausgehobene Grab auf dem Kartoffelacker bot noch einer sorgsam verschlossenen Blechkiste Platz.

Oma musste diese Aktion gering eingeschätzt haben. Beim Erzählen fügte sie hinzu: „Des hat dr so guat vergrabe, dass er's nemme gfonde hot!" „Aber", ergänzte sie, „braucht hat er's sowieso nemme!"

Opa wurde auf seine Gesinnung überprüft. Endlich wusste ich, was a. D. heißt. Anfänglich glaubte ich meinem älteren Vetter. Der meinte, das wäre die Abkürzung für „alter Dackel".

„Guck a mol nachom, der soll mr beim Riaba schnetzla helfa!" Durch den rauschenden Wildbach drang Opas fordernde Stimme in mein der Stallwand zugewandtes Gehör. Dankbar vernahm ich gleich darauf die um vieles leisere Antwort Omas: „Ma kah net emmer bloß schaffe! Lass dem Bua au mol sei Ruh!"

Dann gesellte sich eine andere Stimme dazu. Mutter redete von einer inneren Stimme, auf die man hören soll. Sie riet mir, Opa Hilfe zu leisten. Lockend offerierte sie ein Angebot. Sollte ich Opa helfen, dürfte ich auf seinem Panje-Pferd zur Talwiese reiten. „Wenn du das tust, dann darfst du ...!" Zuerst musste ich etwas tun, das mir nicht immer gefiel. Erst dann kam die Belohnung.

Hans, unser Kinderkirchhelfer, erklärte das mit den Stimmen so: „Alles was so schön klingt und ganz einfach zu machen ist, das ist die Stimme des Bösen. Der Herr Jesus musste das auch zuerst lernen!"

In der Wüste hat er es dann kapiert. Der Teufel schenkte ihm lauter furchtbar schöne Sachen. Die durfte er nicht nehmen, sonst hätte er bei Gott verspielt.

Bei mir war es nicht so einfach. Stellte ich etwas an, meldete sich mein Gewissen nicht immer rechtzeitig.

Ein dummer Streich

Fast hätte ich es bei Opa auch verspielt. Das wollte ich natürlich nicht, war doch Opa für mich etwas Besonderes. Einmal trieben es mein zwei Jahre älterer Vetter und ich recht übel mit Opa. Mein Vetter gehörte zur Ludwigsburger Verwandtschaft. Die nannte Oma, wenn die Sprache darauf kam „Lombeburger". Dabei verzog sie das Gesicht.

Erst später erfuhr ich den eigentlichen Sinn von Omas verächtlicher Ausdrucksweise. Es gab eine zeitliche Einschränkung für ein „Lombsein". Wurden die Taten eines „gschdandenen Mannes", darunter fielen auch Dorf-Honoratioren, mit dem Ausdruck „des isch a schöne Lomberei" bedacht, meinte man nicht, die betreffende Person selber, sondern die Untat. Die Kritiker wollten ihr missfälliges Tun als „Lomberei" abstempeln und ihnen die Chance einräumen, angesehen zu bleiben. Bei Omas „Lombeburger" dachte ich an ein harmloses Wortspiel. „Lombe" war in der Zweitbedeutung ein alter Lappen zum Putzen.

Wir wollten Opa einen harmlosen Streich spielen. Froh, zwei Helfer zu haben, richtete er für die Buben ein „Geschäft" her. In der Scheune neben dem Kuhstall stapelte sich eine Wochenration Futterrüben. Den Berg sollten wir mit einer Schnetzelmaschine kleiner machen.

Nach dem morgendlichen Futterholen, Abladen, dem anschließenden obligatorischen Neun-Uhr-Vesper waren wir verschwunden.

Aufgeregt suchte Opa den ganzen Hof nach uns ab. Enttäuscht stand er vor dem vorbereiteten Geschäft. Unser Versteck – das Grünfutter auf dem Stallboden. Die Hand an den Mund gepresst, zugedeckt mit dem grasfeuchten Wiesenteppich, unterdrückten wir das Lachen.

Der Vetter und ich warteten unter unserem Grasberg. Das „Bruddeln" verstummte. Der Vetter streckte den Zeigefinger, unser verabredetes Zeichen, nach oben. Mit einem Ruck rissen wir die Wie-

Gernot Dilger mit Geschwistern und Cousine

sendecke von unseren Köpfen. Wildfuchtelnde Indianer tanzten heulend um Opa herum. Der Überfallene riss den Mund auf, griff sich unter die Jacke, japste wie ein junger Hund, die weinroten Bäckchen füllten sich blutvoll. Mit der linken Hand stützte sich Opa an der Schnitzelmaschine, die rechte fand vorübergehend Halt am langen Kraut. Mit beiden Händen drückte der Erschreckte den verwaschenen blauen Kittel über der Herzbrust zu einem Bobbel zusammen. Opa keuchte: „Holet d'Oma!" Zur Grassäule erstarrt, wusste ich nichts zu sagen und zu tun. Der Vetter löste sich vom Schreck, sprang zur Oma in die Küche hoch.

Das Herzmittel, von Oma eingeflößt, brachte den Gefoppten wieder auf die Füße und uns eine gehörige Schelte. Oma belehrte mich: „A Stroich derf nehmerd schada. Do hen er euch gar nix Gscheids eifalle lassa!"

Ich befolgte Omas Rat.

Zu Oma und Opa mütterlicherseits wollte ich so oft es ging. Möglich war das nur in den Ferien. Es gab keine direkte Verbindung und bis ich mit dem Zug in Ludwigsburg und von dort mit dem Flattich-Bus in Nußdorf war, verging ein halber Tag, obwohl es von der Entfernung her nur 60 Kilometer waren. Die Großeltern hießen auch Flattich und waren um ein paar Ecken mit dem Busunternehmer verwandt.

Mutter fuhr nur mit, wenn Vater sie schickte. Die Notwendigkeit begründete Vater mit dem Hinweis: „Beim Häusle bauen geht dauernd das Geld aus. Einmal hörte ich, wie Oma auf Vater schimpfte: „Hat dr di wieder gschickt, zum Geld hole!"

Mutter sagte bei unseren gemeinsamen Fahrten kein Wort. Strich mir auch nicht wie sonst, wenn wir alleine waren durch die Haare. Gleich nach dem Kaffee wollte Mutter wieder zurück. Ich bettelte darum, über Nacht bleiben zu dürfen. Ich wollte Vaters strengem Regiment aus dem Weg gehen. Oma unterstützte mich. Mutter nickte. Von da ab durfte ich auch alleine fahren. Ich war ja auch schon in der zweiten Klasse.

Die Kugel darf das Land nicht verlassen!

Nachbars Karle zeigte mir das „Spatzagwehrle" von seinem Onkel Willi. Es war die erste richtige Waffe, die ich in der Hand halten durfte. Den Vergleich mit „Old Shatterhand's Silberbüchse" hielt sie nicht Stand. Er versprach bis morgen Bleikugeln zu besorgen „zom Spatze jage".

Ob der eifrige Jäger das Luftgewehr „ausgeliehen" oder ordnungsgemäß um Erlaubnis gefragt hatte, entzog sich meiner Kenntnis. Die Handvoll „Kügele" verantwortete er mit dem Hinweis: „Die send aus der Dausender Packung, des mergt der gar net!"

Fasziniert schaute ich zu, wie er das Gewehr handhabte. Mit der linken Hand hielt er das Ende des Laufs, die rechte fasste den Kolben. Mit den Armen nach unten, drückte er das leichte Schießgewehr in der Mitte zusammen, genau so einfach wie den Haselnussbogen, den er so gut zu spannen verstand. Ein Knack im Ohr – erschreckend angenehm. Mein Auge starrte in die dunkelhohle Lauföffnung. Karle nickte mit dem Kinn. Er streckte mir das geliehene Gut zum Gebrauch hin. Mit Daumen und Zeigefinger angelte ich aus seiner breitschaufligen Hand den winzigen Vogeltod. Das problemlose Einschieben in die stahlummantelte, konische Unheilbringerin, das erneute Zurückknacken des Laufs erzeugte ein schauriges Wohlgefühl. Beim Anlegen an die Wange half Karle nach. Er drückte mein Kinn an den Schaft, bis es weh tat. Ein kurzes Aufschnaufen. Ich visierte die Blechdose auf dem Gartenpfahl an. Das „Tsching" auf dem Metall erregte mich. Mehr wollte ich nicht. Der Vorgang des Schießens reichte mir. Das Töten überließ ich dem Waffenbesitzer.

Einschließlich Karle, sahen alle männlichen Dorfbewohner das Abschießen von Spatzen und Staren als eine notwendige Angelegenheit an. Die Kirschenfresser standen bei den Obstbaumbesitzern auf der Liste der Schädlinge. Die Rechtfertigung zur Selbstverteidigung klang überzeugend.

Eine andere Maßnahme erschreckte mich. Der Obstbauer mit den größten Bäumen, die schönsten Kirschen hingen im Blau des Himmels, hängte glitzernde Staniolstreifen an die höchsten Äste des Baumes. Die Stare glaubten, Weihnachten wäre angebrochen. Das Geglitzer ermunterte sie zum Schmaus. Karle wollte den Feinschmeckern den Appetit verderben. Der Plantagenbesitzer schickte uns weg. Beleidigt zog der Vogelkiller weiter.

Der Bauer legte mir seine Hand auf die Schulter: „Des isch halt a Sach für dr Fachmann. Spatzaschießa kennet dr bei eich dahoim!" Mit erhobenem Zeigefinger kreiste der Lehrmeister den Luftraum ein: „Die Kugel darf das Land nicht verlassen!" Er ging ins Haus, kam bewaffnet mit einer Flinte zurück, fütterte den Doppellauf mit einer Ladung Schrot, schoss ohne einen Warnschuss abzugeben, auf die ahnungslose Ansammlung der Kirschenfresser. Mit ohrenbetäubendem, schrillem Aufschrei flatterten die Überraschten in den Starenhimmel.

Einer davon flog nicht über das Kirschenparadies. Der durchsiebte Dieb, büßte an einer Schnur aufgehängt, alle Vogelsünden ab. Seine Artgenossen, genossen den Anblick nicht mit der gleichen Freude wie die Kirschenverteidiger. Demonstrativ blieben die Feinschmecker der Hinrichtungsstätte fern.

Schießen macht Spaß!

Schieß- und Wurfbuden hatten es mir angetan. Mutter erzählte ich nichts davon. Der brave Bua las in der Bibel, half in der Küche, buk Marmorkuchen, machte aktiv beim CVJM mit, tobte sich unter christlicher Aufsicht im Eichenkreuzsport aus, grüßte freundlich alle Dorfbewohner, war immer hilfsbereit.

Was trieb ihn, den Wohlgeratenen, zu solch verwerflichen Dingen? Ob der Ehne doch Recht hatte? „Des isch der Widersacher – in dir drenn!" Der fromme allseits geachtete Stundenprediger zählte viele Gelegenheiten auf, wo der große Verführer sein Unwesen treibt.

Eine Anweisung werde ich nie vergessen. „Bua, wenn du nach Schduagert kommschd, muschd du uff dr Bode gugge – na siehsch net dui böse Welt!" Mit einem Schnaufer erklärte der Wortgewaltige den Grund: „Woischd, die meischde Sünd goht von de Mädle aus!" Bekräftigend schlug sein Eschenstock auf den eichenen Holzboden und mir einen Pfahl ins Fleisch.

Der Mahner kannte die neuen Versuchungen nicht. In der Bibel stand nichts über Negermusik, Schießbuden und Wildwesthefte. Der Widersacher hatte leichtes Spiel. Auf den Vergnügungsmärkten tobte ich meine Sucht, auf alles zu werfen und zu knallen, aus. Die Keramikröhrchen, in denen die hässlichen roten Rosen steckten, putzte ich ohne große Anstrengung herunter. Das Peng im Lauf, der berstende Knall des zerfetzenden Zieles erregten mich. Auf Inges Wunsch schoss ich ihr ein gummiweiches, mit gespritztem weißem Zuckerguss verziertes, fußballgroßes Herz an ihren stattlichen

Nußdorf – Das Haus der Großeltern

Busen. Der war auf jeden Fall genießbarer als die in Plastik eingewickelte „Ich liebe dich!"-Süßigkeit. Ich habe auch nie jemand gesehen, der so ein begehrtes Umhängsel in seinen Magen transportiert hätte.

Einmal jagte mich ein fetter, schmuddliger Standbesitzer weg. Beim Einpendeln von Korn und Kimme merkte ich, dass er sie verstellt hatte. Karles Onkel Willi hatte uns beigebracht, wie so was gemacht wird. Seine Gewehre, vom ersten Weltkrieg-Karabiner bis zu seinem neuesten Modell, einem amerikanischen Schnellfeuerwunder, glänzten und funktionierten einwandfrei. Er kontrollierte von Zeit zu Zeit die Zielgenauigkeit. Es war gar nicht schwierig, mit einem manipulierten Schießbudenprügel zu treffen. Vorausgesetzt, man geht bei einem Waffennarr in die Lehre.

Um ein gutes Geschäft zu machen, bot der Budenbesitzer an seinem Stand Sonderkonditionen an. Auf Bestellung meiner weiblichen Begleitung schoss ich das Gewünschte reihenweise aus den

Hülsen. Der Betrüger schrie mich an, ich solle gefälligst woanders abräumen. Das mit dem Schießen war noch lange nicht ausgestanden.

Oma und die Landplagen

„Mei gröschde Blag bisch du!", stöhnte Oma mit aufwärts gezogenen Mundwinkeln. Beim „du" zog sie den Kopf nach oben, mit dem Kinn auf Opa zeigend. Was Oma damit meinte, begriff ich ein Jahr später.

Opas Zerfall erklärte mir Oma beim wöchentlichen Abstauben in der guten Stube.

Die eigentliche Bestimmung dieses heiligen Raumes nahm ich erst nach dem Tod der Großeltern wahr.

Das Staubtuch in Omas knochig-welken Arbeitshänden passte gar nicht zu ihr. Darin ruhten besser harte Holzstiele. Mit ihnen bildeten ihre Beuschdel (Schwielen) eine selbstverständliche Einheit. In meiner letzten Erinnerung stach sie mit dem Spaten in den Händen den Garten um. Feuchte Erde klebte am Stielende. Dachte sie an die Vereinigung ihres müden, abgeschlafften Leibes mit dem Boden?

Von der Else, ihrer Tochter, also meiner Mutter, hieß es, die hätte keine Schaffhänd, die könnt höchstens Staubwischen. Mutter vererbte ihre schönen, schmalen Hände an mich weiter. „Die Finger send z'schad zom schaffe!", bemerkte Oma von Mal zu Mal. Der Vetter, klein und stumpig, so sahen alle aus, die nach den Flattichs kamen, das war Opas Linie, brachte die richtigen Hände mit. Mir kamen sie doppelt so breit wie meine vor.

Oma fuhr mit dem Lappen geschwind über die Ansammlung von Fotografien im Wohnzimmer. Mit der linken Hand nahm sie Opas Soldatenbild vom Schreibtisch, wedelte mit dem Staubtuchende in einem Zug über die schützende Glasscheibe. Mit lobender Stimme, den Blick auf den jungen Soldaten gerichtet, verkündete sie: „Da war er no a Kerle!" Beim Abstellen des Bildes seufzte die Geplagte, bemerkte kopfschüttelnd: „Jetzt isch nemme viel los mit dem Gustävle!"

Oma und Opa Flattich

Auf dem weiß-grau verblichenen Bild sah Opa wirklich wie ein echter Kerle aus. Genau solche wünschte sich der oberste Kriegsherr auf dem Schlachtfeld. Auf dem Schlachtgaul präsentierte sich der junge Kavallerist in vorbildlicher Haltung, kerzengerade, hoch erhobenen Hauptes. Den dunklen Schnauzbart trug Opa später leider nicht mehr. Ich kannte ihn nur haarlos. Seine Glatze verdeckte Opa mit seiner Kapp. Die rechte Hand ruhte auf dem Säbelknauf. Zu gerne hätte ich die Waffe selber in der Hand gehalten. Mit der Linken tätschelte er den Hals seines geliebten Tieres.

Opas Schilderungen seiner Kriegserlebnisse beschränkten sich auf das Wohlergehen der Vierbeiner. Es sei eine Schande gewesen, wie die Menschen mit ihnen umgingen, wie jammervoll die meisten starben, und das Schlimmste, seine treuen Wegbegleiter wurden auch noch geschlachtet. Opa versicherte glaubhaft, auch in der schlimmsten Hungersnot kein Pferdefleisch gegessen zu haben. Die Versuchung sei so stark gewesen, dass er weit weg laufen musste. Seinen Kameraden habe er ihr Tun aber nicht vorgeworfen. Die hehren Gedanken Opas und die seines Kaisers hinkten ihrer Zeit hinterher. Die neuen Stahlpferde walzten die stolzen Hoch-zu-Ross-Helden in den Dreck.

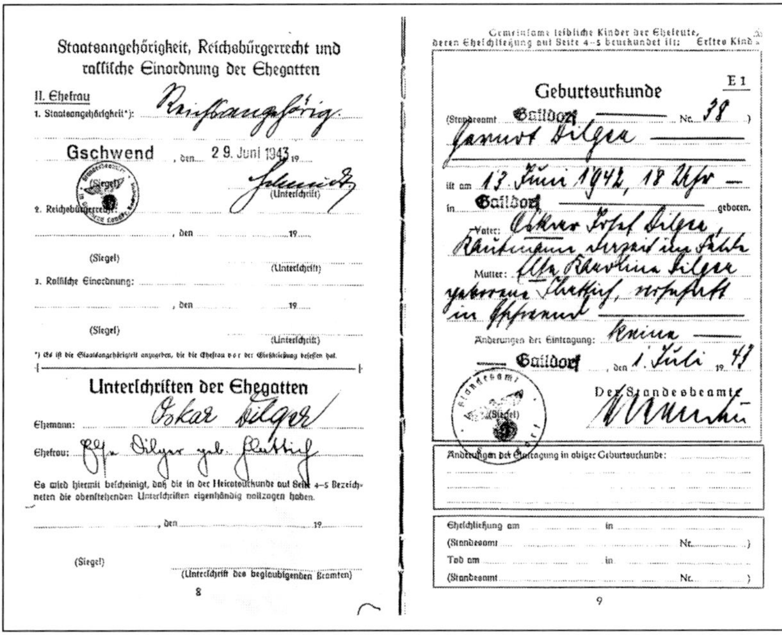

Staatsangehörigkeit, Reichsbürgerrecht und rassische Einordnung der Ehegatten

II. Ehefrau

1. Staatsangehörigkeit*): Reichsangehörig

Gschwend, den 29. Juni 1943

(Siegel) Schmidt (Unterschrift)

2. Reichsbürgerrecht:

..., den ... 19..

(Siegel) (Unterschrift)

3. Rassische Einordnung:

..., den ... 19..

(Siegel) (Unterschrift)

*) Es ist die Staatsangehörigkeit anzugeben, die die Ehefrau vor der Eheschließung besessen hat.

Unterschriften der Ehegatten

Ehemann: Oskar Dilger

Ehefrau: Ella Dilger geb. [illegible]

Es wird hiermit bescheinigt, daß die in der Heiratsurkunde auf Seite 4–5 Bezeichneten die obenstehenden Unterschriften eigenhändig vollzogen haben.

..., den ... 19..

(Siegel) (Unterschrift des beglaubigenden Beamten)

8

Gemeinsame leibliche Kinder der Eheleute, deren Eheschließung auf Seite 4–5 beurkundet ist: Erstes Kind

Geburtsurkunde E 1

(Standesamt Gaildorf Nr. 38)

Hartmut Dilger

ist am 13. Juni 1942, 18 Uhr

in Gaildorf geboren.

Vater: Oskar Josef Dilger, Kaufmann derzeit im Felde

Mutter: Ella Karoline Dilger geborene [illegible], wohnhaft in Gschwend

Änderungen der Eintragung: Keine

Gaildorf, den 1. Juli 1943

(Siegel) Der Standesbeamte [illegible]

Änderungen der Eintragung in obiger Geburtsurkunde:

Eheschließung am ... in ...

(Standesamt ... Nr. ...)

Tod am ... in ...

(Standesamt ... Nr. ...)

9

Es ist amtlich – geboren und deutsch

Oma setzte sich auf die Kante des Schreibtischstuhles. Sie klärte mich über Opas Innenleben auf: „Woisch, em Opa send seine Gäul s'Liebschde gwäe! Jetzt träumt er bloß no von früher – bei seine Saufbrüder!"

Das schöne Landleben, von dem ich träumte, neigte sich mit Opas unübersehbarem äußeren und inneren Zerfall dem Ende zu.

An einem schwül-heißen Sommernachmittag war Oma ganz außer sich. Neben ihr stand der Drescher, verstroht, verschwitzt, ständig die Kappe beim Reden auf- und absetzend. Eine kurze Drehung des grünen Schildes folgte vor dem Aufsetzen. Die Kappe in der Hand, mit dem Handrücken die Stirn abreibend, spuckte der „Kappenkarle". Manche behaupteten, dass er nicht einmal nachts „dui Kapp ronternemmt!".

Aus seinem Mahlwerk tönte unerwartet: „Ihr senn glei dro!". Oma lief aufgescheucht, ihren Hühnern nicht unähnlich, hin und her. In diesem Zustand habe ich sie nie zuvor und danach erlebt.

Nach kurzer Zeit war sie wieder meine starke Oma, legte die Hand auf meine Schulter: „Bua, du muschd jetzt dr Opa aus dr „Rose" hole!"

Am Stammtisch hockten lauter Opas. Der Gesuchte glänzte rot, wie der Inhalt seines Viertelesglases. Der Weindunst vernebelte das umkämpfte Gelände. Rauchschwaden zogen über das Feindesland Richtung Metz, schwebten genau über der Stellung 21. Opa Gustav setzte das Glas energisch auf den eichenen Rundtisch. Rotweinspritzer unterstützten die Attacke: „Die Franzose send gloffe wie d'Hase!" Kurz vor der endgültigen Besetzung des strategisch wichtigen Hügels, zweifellos hatte der bewundernswerte Kavallerist mit seinem Gaul Friedrich, einen erheblichen Anteil daran, meldete ich, sein Enkel, Omas territoriale Besitzansprüche an.

Der Rosewirt schlurfte hinter seiner Theke hervor, seine Filzlatschen sind das einzige, was ich von ihm in Erinnerung habe, legte die schwere Wirtshand auf meine Schulter: „Sag dr Oma ‚s'Gustävle kah nemme, sonschd hageldr en Dreschmasche nei, mit seine sechs Viertele!"

An diesem Tag machten beide Hand-auf-die-Schulter-Leger aus mir einen frühen Mitwisser über die Unzulänglichkeiten in der Welt. Ein Stammtischwaffengefährte drehte sich zu mir, hob mich in den Erwachsenenhimmel: „Des kasch du au!"

Die Hölle auf Erden

Die Dorf-Dreschmaschine, eingerahmt von den stockwerkhohen Holzleiterwägen, geschützt vor sommerlichen Platzregen durch ein weit ausladendes Dach, wartete auf mein Kommen. Unsere Ladung kam als nächste dran. Hastig kletterte ich an den hinteren Sprossen hoch, kämpfte mich durch die Strohbüschel an den Wagenrand nach vorne. Der Drescher schrie von unten in den Lärm hinein, zeigte mit seiner Handbewegung „Fang endlich an!"

Verunsichert warf ich die vor mir liegenden Garben in das große Maul. Der Schlund machte mir Angst. Die kratzigen Strohgarbenbündel stachen mir die ungeschützten Beine wund, die fasrigen

Granen klebten und juckten an der schweißnassen Haut. Die Höllenmaschine spuckte vorne das wertvolle Brot heraus. Ihr Hinterteil überpuderte mich von Kopf bis Fuß. Der nichtsnutze Getreidestaub deckte mich gleichmäßig ein.

Oma band ein nasses kariertes Tuch auf den Gabelstiel, streckte den rettenden Staubfänger zu mir an den Garbenrand hoch. Bäuchlings robbte ich an den Rand, fischte das rettende Utensil ab, presste das erfrischende Nass an den Mund, schnäuzte den Dreck aus der verstopften Nase ins Tuchende. Erleichtert band ich das Tuch vor die geplagten Atmungsorgane. Der Drescher fuchtelte mit beiden Armen zu mir herauf. „Mach nore, schlafschd du ei, do drobe!“, meinte ich von seinem aufgerissenen Mund abzulesen.

Schwungvoll bediente ich weiter das gefräßige Maul mit der notwendigen Nahrung. Um den Rhythmus zu halten, hetzte ich mit offenen Armen nach hinten, schnappte zwei, drei Bündel, warf sie nach vorne, um genügend Vorrat zu schaffen. Hatte ich Luft, schmiss ich begeistert gleich mehrere auf einmal in das Laufwerk. Das imponierte dem Drescher nicht. Die Maschinerie war verstopft. Er schrie Oma ins Ohr: „Der muss no viel lerna!“

Mir ging's wie der Maschine. In meinem Kopf wirbelten, drehten, hackten all die gut gemeinten Ermahnungen durcheinander. „Trenn die Spreu vom Weizen!“ Bilder mischten sich. Oma reichte Jesus am Kreuz den rettenden Essigschwamm. Am Speer des Soldaten wedelte ein nasses Tuch. An der Eisenspitze tanzten aufgespießte Garbenbüschel hoch über dem Wagen in den Himmel. Dazwischen trohnte Gottvater.

Oma wandte sich besorgt an mich: „Isch dirs durmelig?“ Ihre Stimme brachte mich wieder auf den Strohboden zurück. Aus ihrem Mostessigkrug schenkte sie ein Glas für mich ein. Das sei der beste Durstlöscher.

Hastig versuchte ich mein Versagen wieder wett zu machen. Schicht für Schicht trug ich ab, die Reihen zählend. Ab dem sich nach unten verjüngenden Leiterrand ging es immer schneller. Schon standen meine Füße auf dem splittrigen Wagenboden. Geschafft sprang ich auf das strohig-rutschige Pflaster in den Kreis der schwatzenden, wartenden Erwachsenen. Mit erneutem Schulterklopfen zum Strohritter geschlagen, reckte sich meine Himmelfahrtsnase nach oben.

Das Hinab- und Hinaufsteigen an der langen bis unters Dach reichenden, senkrechten Scheunenleiter war für Opa nicht mehr machbar. Oma lehnte es kategorisch ab, mit Opa darüber zu diskutieren. Davon hielt sie sowieso nichts. Ihre Aussagen waren unmissverständlich. Einer Begründung bedurfte es nicht. Ganz im Gegensatz zu ihrem Ehegatten, der gern drumherum redete.

Oma beschloss, Opa, durch mich, seinen Enkel, zu ersetzen. Für den kletterwütigen Zehnjährigen eine echte Herausforderung. Das gedroschene Stroh ließ sich gut laden. Beim Einfahren in den Hof duckte ich mich gerade noch rechtzeitig, bevor das Geäst vom Nussbaum an der Einfahrt den Himmelsstürmer herunterfegte, ein kleiner Ast riss ein Haarbüschel aus. Flach auf dem gelben Streugut liegend, auf allen Vieren mich hineinpressend, passierten Wagen und Bua das dunkel gähnende Scheunentor. Aufgerichtet hangelte ich nach dem Lotterseil, zog Ballen für Ballen hoch. Goldene Halme schneiten auf meinen Wuschelkopf.

Das Leben ist eine Plage – s'Leba isch a Plag!

Oma jammerte mindestens einmal am Tage über die Mühsale auf dieser Erde. Es gab derer zu viele. „Des viele Gschäft mit ihre Henne, dui viele Wesch, des Ohziefer im Garten, in der Stub send se au no!"

Die Gotteszweiflerin stellte dem lieben Herrgott auch noch das Wettermachen in Abrede. „Brauchts grad heut so warm sei? Kalt isch au nix!" „Ond", dabei seufzte sie von ganz unten herauf, das tat sie immer wenn sie über ihre Mitmenschen sprach: „Heit hat dui Nachbere wieder soviel gschwätzt!"

All das irdische Elend packte Oma in ihren größten Kartoffelsack. Mit dem Finger zeigte sie in die weiß-grauen Wolkenfelder: „Dort hot mer sei Ruah!". Im Himmel auf Pfannkuchen gebettet zu werden, war ihr Wunsch.

Opa hats verdient – Ruhestand

In Omas Aufzählung fehlten die Vogelplagen. Ich fragte Oma über die Spatzenplage aus. Ihre Antwort ruht noch heute gut verwahrt in meiner Kinderseele. „Die Vögel wellet au leba" und dann sagte sie Sachen, die ich in der ganzen Bandbreite nicht aufnehmen konnte, so nie gehört hatte. Die Aussage über meine Geschlechtsgenossen verwirrte meine vorpubertäre Gedankenwelt. Jahre später, als es in unserem Land um Schuldzuweisungen ging, meinte ich in Diskussionen Omas Gedankenausflüge zu hören: „Bua, du kenschd ja die Gschichde aus der Bibel, des isch heut no so. S'Meischde zettlet die Männer a, oin Griag noch em andre. Die meinet emmer, ma kennt elles mit Gwald regla!"

Wie Oma die Plagen meisterte, sah ich beim morgendlichen Gang zum „Hennastall". In der linken Hand den bastenen Teigkorb, gefüllt mit gelb-goldenen Maisnuggets, griff sie mit der rechten eine

Handvoll Körner, verteilte sie gleichmäßig mit einer Bewegung, wie Opa bei der Frühjahrsaussaat, über den schleimig-kotigen, aufgekratzten Boden.

Mitten durch den Goldregen, noch im Flug, stahlen die immer hungrigen Vöglein blitzschnell den Hühnern das sorgsam gehütete Maisfutter weg, bevor die auch nur den Schnabel aufreißen konnten.

Eine Riesenglucke, bewaffnet mit dem Stallbesen und wallendem Schurz, verscheuchte die flinken Diebe. Die einfältigen Eierleger gluckten. Die Beschützerin beeindruckte einen mit offenem Mund staunenden Jungen.

Für Oma war das Leben ein Jammertal. Von uns Menschen selbst verschuldet. Opa wurde auch aus dem Paradies verjagt. Die ihm auferlegten Disteln und Dornen rupfte er ohne groß zu klagen heraus. Er schaute lieber den schönen Früchten nach. Die sonnenhungrigen Reben hellten sein Gemüt auf. Alles, was für Opa eine Freude war, wurde Oma zur Last.

Das schöne Landleben

Ein Rübenjahr später merkte ich an ein paar Dingen, dass Opa nicht mehr der Gleiche war. Er verwechselte Wein mit Wasser. Opa fand nicht mehr ohne fremde Hilfe heim. Es war demütigend, einen geliebten Menschen in solchem Zustand zu sehen. Mir wurde es übel von den Ausdünstungen.Das erste Mal erschrak ich derart, dass ich nicht mehr weiterschlafen konnte.

Das Schlafzimmer der Großeltern lag hinter dem Wohnzimmer. Ich nächtigte gerne in der kaum benutzten, mit schönen Möbeln vollgestellten Stube. Am Anfang musste ich mich an die glockendunklen Schläge der mannshohen Standuhr gewöhnen. Das heißt, eigentlich konnte ich mich nicht daran gewöhnen. Die über das Gehäuse geworfene Decke nützte nichts.

Oma schaffte es, ihren Ruhestörer ruhig zu stellen. Omas Geschimpfe mit Opa bedrückte mich. Der Gedemütigte bruddelte hilflos vor sich hin.

Auch Oma nahm Alkoholisches zu sich, aber nur in Ausnahmefällen, in Form von sogenannten Fitmachern. Eine Kostbarkeit, die man nicht einfach so einnahm. Nur zu besonderen Anlässen, bei einem christlichen Feiertag oder bei nachlassendem Gesundheitsstand, durfte man sich was Gutes gönnen. Sonntagabend holte Oma aus dem verschlossenen Glasschrank ein kristallenes Weinglas. Der Schlüssel lag versteckt in der Standuhr.

Sorgfältig blies die Putzteufelin unsichtbaren Staub aus ihrem Trinkgefäß. Die körperwarme Luft hauchte Oma an den Glasrand, wischte mit dem guten, roten „Gschirrtüchle" alles Kristallene ab, das blaue Tuch wurde für das Alltagsgeschirr benutzt. Mit der Sonntagsschürze putzte Oma den gedrehten Weinglasstiel ab. Fast hätte die Übereifrige den Untersetzer vergessen. Das zu kurz gekommene Stück polierte sie lange.

Oma schlug ein Ei auf. Die glibberige Masse rutschte in das schöne, mit rotem Wein gefüllte Behältnis. Mit einer Gabel verklepperte Oma das glitschige Weiß-Gelb mit dem dunkelroten Rebensaft. Den rosaroten Gesundheitscocktail schlürfte sie in kleinen Schlucken mit einem dankenden „Aaa" in den ausgemergelten Körper. Den klebenden Rest wischte sie mit dem arthritischen Zeigefinger aus. Die sonst so Nüchterne geriet beim Ablecken ihrer Wundermedizin ins Schwärmen. Das fingersaubere Glas rieb Oma mit dem Inneren der guten Schürze aus. Mit dem Hinweis: „Woisch, Bua, des gibt Kraft!" schloss sie den Vorgang ab.

Erntezeit

In den Erntezeiten strahlten meine Großeltern in einem warmen Licht Ruhe und Zufriedenheit aus, die ich in meinem Herzen verwahrte.

Das Bild der Sommertage, unterm schattigen Apfelbaum. Oma wickelte aus dem nassen Küchenhandtuch einen rostbraunen, tönernen Mostkrug. Opa schnitt mit seinem Arbeitsmesser dicke Scheiben vom selbstgebackenen Brot. Die Dauer der Mittagsrast bestimmte Oma. Opa hielt ein kurzes Verdauungsschläfchen. Oma sah sinnierend in die Ferne. Plötzlich, wie von der Tarantel gestochen, sprang sie auf, weckte Opa mit der Warnung: „Mr weiß net, wia's Wetter wird!" Hastig packte die Ungeduldige die Essensreste in den Korb. Auffordernd zeigte sie auf seine Sense.

Den Griff am Boden aufgestützt, zog Opa aus dem blechernen Futteral den grauen Wetzstein. Mit der linken Hand hielt er das oben abgerundete blanke Eisenstück. Den reichlich mit Most versetzten Mundsaft spuckte der Mäher auf das trockene Schleifelement. Die rechte Hand führte den Wetzstein rasend schnell im Wechsel von vorne nach hinten über den stumpfen Schneiderand. In seinen Pupillen kreuzten sich todesbringende Sensenmänner mit den eisenblanken Schwertern meiner Ritter.

Omas krummes Werkzeug, die Sichel, kam am Feldrand zum Einsatz. Nichts sollte verloren gehen oder zum Nachbar hinüber fallen. Ihrem Enkel schärfte sie ein, alle abgeschnittenen Halme zu einem mannsdicken Bündel zusammenzutragen. Vorher sollte ich sorgfältig die rot-weißen Garbenstricke auslegen. Schnurgerade! Warum traute Oma mir nicht die Arbeit mit dem Zusammenziehen zu? Die „Büschele" musste ich kreisförmig aufstellen, immer eins gegen das andere, damit sie bei Wind und Sturm nicht auf den Boden fielen. Die faulende Nässe hätte das Stroh unbrauchbar gemacht. Eine Aufgabe der ich allein nicht gerecht wurde. Oma half mir.

Meiner eigentlichen Pflicht sollte ich gewissenhaft nachkommen: Alle vergessenen Ähren in einen Sack lesen. Die armen Sammler aus der Stadt freuten sich über meine Nachlässigkeit.

Schule für die Braven

Ein Rippchen heller Schokolade. Das war die Belohnung für mein Bravsein in der ersten Grundschulklasse. Es war nicht schwer, in den seltenen Genuss zu kommen. Null Fehler im Diktat genügten, um die süße, ein Quadratzentimeter große Köstlichkeit aus der warmen Lehrerhand in den wässrig gewordenen Mund zu schieben. Die Schulschokolade, Nachfolger der steinharten, blockigbitteren Besatzungsmachttafel, setzte sich zu unsrer aller Freude durch.

Die schwäbischen Kakaoverfeinerer gaben sich mehr Mühe als die Amis, konnten außerdem auf ihre Tradition bauen. Das Ergebnis: ein auf der Zunge sich lange Zeit haltender Genuss. Um dieser wohlschmeckenden Sünde nicht zu verfallen, rief die rundliche Frau Lehrerin nur einmal in der Woche zum Diktat.

Wir Nachkriegskinder wurden täglich und reichlich mit einer besonderen Kraftnahrung versorgt. Das Stärkungsmittel kam aus dem Meer, wurde dem größten Säugetier der Erde, dem Wal, „abgezapft". Die Köstlichkeit schwabbelte in einer braunen Flasche, die nie leer wurde. Mutter leerte vor dem Frühstück die gelb-braune Aufbauflüssigkeit auf unseren größten Löffel. Es schüttelte mich schon beim Ausgießen der fettfischigen Wohltat. Die Lebertranprozedur überstand ich nur mit zugehaltener Nase.

Zu Hause hing viel davon ab, wie man den Monat über seine Aufgaben bewältigte. Die leichteste: jeden Abend vom Milchhäusle in der verbeulten Kanne den weißflüssigen Inhalt ohne Schaden nach Hause zu tragen. Eigentlich keine schwierige Sache für einen achtjährigen Jungen. Erschwert wurde die Angelegenheit allerdings durch Nachbars Karle. Er schwang die volle Milchkanne, ohne Deckel, mit ausgestrecktem Arm mehrere Male im Kreis, ohne auch nur einen Tropfen Milch zu verschütten. Der Herausforderung des Gleichaltrigen musste ich mich stellen. Bei meinem Versuch lief der ganze wertvolle Inhalt am Ärmel runter, übers Hemd und der Rest in die Hose. Wie schön, wenn meine Kleidung aus dem abwaschbaren Material unseres neuen Küchentischtuchs gewesen wäre.

Vater ein eifriger Milchtrinker, brauchte seine tägliche Ration. Mein Versagen kostete mich meinen monatlichen Schokoladeanteil. Die milchverschmierte Kanne schaute mich traurig an.

Mutter hatte lange auf das zum Putzen so praktische Nachkriegsprodukt, unser neues Tischtuch, gespart. Wir Kinder schmotzten das gute Stück morgens und nachmittags mit garteneigenem „Gsälz" voll.

Werktags gab es immer die säuerliche Träubles-Marmelade. Sonntags durften wir das bei uns Kindern beliebte, viel süßere „Bräschtlingsgsälz" auf das weiße Sonntagstischtuch stellen.

Pflücken und Einmachen, jedes Jahr gleich bleibende Rituale, die mir in unguter Erinnerung geblieben sind. Statt mit den Kameraden Fußball zu spielen, hockte ich vor den blöden Büschen und zopfte die kleinen Früchte. Es dauerte ewig bis mein Eimer voll war. Sogar mein Vater, der mir ständig Gartenarbeiten zuwies, hielt die Sache für ein „Weibergeschäft". Mutter, die sonst immer viel Verständnis für ihren Buben hatte, bestand jedoch auf ihrer unverständlichen Forderung. Das Schlimmste: an den heißen Sommernachmittagen mussten wir die verhassten Beeren einzeln und sorgsam von ihren Stielen lösen. Eingesperrt in der überhitzten Küche schimpfte Mutter über die vielen Stiele, die bei mir an den Beeren haften blieben. Alles an mir „bebbte" (klebte). Lustlos schüttete ich, wenn Mutter nicht zusah, die nachlässig behandelten Früchte in den Einmach-Eimer.

Auf dem Herd kochten im riesigen Emailtopf die Einmachgläser. In einem anderen „Hafen" gelierte die rote Pampe zu einer säuerlichen Schwabbelmasse. Gott sei Dank verschenkte Mutter einen Großteil an die Tanten. Das passte besonders gut zu Tante Olga aus Stuttgart. Die hatte schon immer ein sauertöpfisches Gesicht.

Lohn

Auf dem säuberlich geputzten Wachstuch lagen am Monatsersten Geldscheine – fünf grüne Zwanziger. Vater legte mit einer extra langsamen Handbewegung seinen für uns erarbeiteten Lohn auf den Tisch. „Seht her, das hab ich für euch verdient!"

In der Sonntags-Bibelstunde drückte mein Ehne in seinem lederüberzogenen Ohrensessel einen anderen Vorgang in der gleichen Denkart so aus: „Kender denket dra, was dr Heiland für euch do hat!" Über dem Stundenprediger hing im Halbdunkel ein Ölbild von der Kreuzigung. Die düsteren Farben erhellten mit einem starken Rot die Stellen, aus denen der Gequälte blutete. Seine Augen fragten: „Was tust du für mich?"

Vaters Hand ruhte auf dem „schnöden Mammon". Dieses Wort benutzte der Ehne. Es stammte aus der Bibel. Vater wandte sich an

Roswitha, Else, Oskar, Bernd und Gernot

Mutter, mit der immer gleichen Ermahnung: „Mehr gibts net, du muscht damit auskomme!"

Großmütig bedachte der Ernährer Mutter mit einer Pralinenschachtel mittlerer Größe und Qualität, uns Kinder mit einer gefüllten Tafel Schokolade. Meine mit weißer Pfefferminz, die meiner Schwester mit Erdbeercreme. Er lobte uns: „Weil ihr so brav waret!"

Erst später stutzte ich über die Bemerkung, die Mutter mit einschloss. Nach meinen Beobachtungen futterte der großzügige Gönner die meisten Pralinen selber. Später fiel es mir leicht, meinen Anteil an der schwesterlichen Schokolade zu sichern, obwohl Erdbeer nicht mein Geschmack war.

Die Besatzer – Mai 1945

Die allererste Schokolade habe ich meiner jüngeren Schwester zu verdanken. Eine „Cadburry" flog aus dem stählernen Eisenkoloss, geworfen von einem richtigen Neger. Schwarz der Werfer und die Süßigkeit.

Beim Einmarsch unserer Befreier sprangen alle Kinder und die Mütter auf die Hauptstraße. Mutter hielt meine greinende, kaum zweijährige Schwester auf dem einen Arm, den anderen streckte sie zu den Eisengetümen hoch. Ich tat es Mutter nach, ruderte mit dem rechten Arm durch die mit Benzin verpestete Luft. Meine linke Hand umklammerte fest das ausgestreckte Beinchen von unserem blonden, blauäugigen Lockvogel. Statt anmutig zu lächeln, kreischte der kleine Engel. Der vorbeirasselnde Panzer, schwenkte zu uns her. Aus dem Turm, hoch wie Opas Dreschmaschine, zwängte sich ein riesiger, schwarzer Mann. „Guck mol, wie schwarz der isch!", schrie die Nachbarin in mein Ohr.

Der Panther sprang federleicht von seiner Eisenburg. Eine dunkle Pranke strich dem Schwesterchen übers blonde Haar. Aus dem großen Mund, eingedeckt mit dicken Lippen, tönte ein melodischer fremder Singsang, angenehmer als das Gegreine vom Schwesterchen. Pechschwarze Augen rollten in mein verschrecktes Gemüt. Er nickte uns zu und griff ohne zu fragen nach seiner Beute. Lange Arme hoben das begehrte Objekt behutsam hoch. Im Himmel schwebend, verstummte der kleine Engel. Der freche Räuber steckte in das aufgerissene Mündchen ein abgebrochenes Stück „Tschokled" und schob gleich noch einmal nach.

Mir steckte er eine kleine Packung zu. Das Geschenk kannte ich nicht. Der farbige Besatzungssoldat lachte schepprig laut, zog aus dem aufgerissenen Löwenmaul einen immer länger werdenden Faden durch sein elfenbeinfarbenes Gebiss, direkt vor meine Nase. Blitzschnell zog er den Gummi zurück. Die dicken Lippen und seine Wangen rollten hin und her. Die Nachbarin kommentierte die ständige Kaubewegung: „Der kaut au no im Schlaf!"

Für ein Päckchen „Tschuinggamms" gaben die großen Buben mir eine Handvoll Murmeln. Einer war großzügig und legte sogar ein Zehnerle drauf. Davon konnte ich eine Brezel kaufen. Für die restlichen zwei Pfennig durfte ich im Laden aus dem Glas, das immer vor einem stand, wenn man bezahlen musste, Bonbons in rot oder blau eingewickeltem Staniol herausfischen.

Eine wichtige Aufgabe

Unsere, von den Eltern auferlegten Geschäfte erledigten wir selbstverständlich und gewissenhaft. Vater bedachte mich noch mit einer Sonderaufgabe. Die Abläufe auf dem Kasernenhof spielte der „Spieß", das war Mutters Ausdruck für Vaters Dienstgrad, zu Hause weiter. Gelernt ist gelernt!

Eine davon: Geputzte Schuhe vorzeigen, gemeint waren die aller Familienangehöriger. Uhrzeit pünktlich 5 Uhr (gemeint 17 Uhr!). Es gab drei Arbeitsvorgänge.

1. Die Grundreinigung: Mit einem alten, stumpfen Messer den erdigen Grobdreck beseitigen. Bei den Sonntagsschuhen gab es eine Arbeitserleichterung. Die glatte Sohle brauchte keine Waschung. Unter keinen Umständen durfte das feine Oberleder mit dem Nass in Berührung kommen. Mit Wurzelbürste und Wasser die Rillen der Sohlen auswaschen. Das galt für den Untergrund der Arbeits- und Werktagsschuhe.

2. Mit einem feuchten Lumpen das verspritzte Leder abreiben.

3. Behutsames Auftragen der kostbaren Schuhcreme, hergestellt von einem Frosch, der immer zusah, ob ich es richtig machte. Sein Name „ERDAL" passte gut zu dem vielen Dreck, auf keinen Fall zu ihm selber. Ein Frosch, der sich doch nie die Mühe machte, Schuhe zu putzen, geschweige denn zu tragen. Mir gefiel der praktische Öffnungsvorgang, eine leicht zu drehende, kleine Flügelschraube mit der man mühelos den Deckel öffnen und schließen konnte.

4. Der krönende Abschluss: Die Schuhe „wienern", ein nichtschwäbischer Ausdruck, den Vater von seinen Auslandseinsätzen fürs Vaterland mitbrachte. Mit einem weichen Tuch die besseren

Schuhe spiegelblank polieren. Vaters Forderung: „Da muss mr sich drenn sehe könne!“, nahm ich ernst. Ein aussichtsloses Vorhaben, an dem ich scheiterte und, erst viel zu spät, als einen seiner Späße verstand.

Die Gebrauchsschuhe forderten eine Wichsbürste. Ein fremdes Wort, das ich nie gehört hatte. Die Doppelbedeutung lernte ich erst im Mannesalter kennen. Bis ich zur Zufriedenheit meines Oberfeldwebels ein anerkennendes Nicken erhielt, dauerte es einige Zeit.

Ich kriegte beim ersten Mal den Lederstiefel ins Kreuz, weil ich so ungeschickt war, oder wie er schrie „zu blöd zum Schuhputzen!“ Ich hatte zuviel von der teuren Wichse aufgetragen. Vater führte vor, wie das kostbare Gut mit dem Mittelfinger zuerst aufgetragen, dann gefühlvoll, mit sanftem Druck, ins Leder einbalsamiert wird. „Die brüchigen Stellen musst du zwei Mal behandeln.“ Nahm ich zu wenig, hieß es, das sei am falschen Platz gespart .

Die Sparmethode bauten meine Eltern im ganzen Einkleidungsbereich erfolgreich aus. Mutter verwaltete den Kleiderberg. Vater das Schuhdepot. Das praktischste Kleidungsstück, die Kniggebogger, passten sich meinem Wachstum über Jahre hinweg an. Am Anfang reichte der strapazierfähige, dicke Cordstoff vom Hosenbund bis zum Knöchel. Es sah aus, wie wenn ich die Hosen voll hätte und der Inhalt im freien Fall nach unten gerutscht wäre. Das zog den Spott der älteren Mitschüler nach sich. Als Ausgleich zog Mutter den Hosenbund jedes Jahr fünf Zentimeter nach oben. Im dritten Jahr saß er an der zugedachten Stelle. Im Wachstumsendstadium kreierte ich den Vorläufer der Kniebundhose.

Die gebrauchten Schuhe vom lebenslustigen Ludwigsburger Onkel waren viel zu groß, dafür mit einer Besonderheit ausgestattet. Die Kreppsohle, knautschig, durchsichtig, ein unappetitliches Material mit guter Fußbodenhaftung, klebte wie Kaugummi auf dem Sommerasphalt. Der Kriegsteilnehmer stopfte kurzerhand den Überschuss an Schuh mit Papier aus. Im Krieg hätten sie noch ganz andere Sachen gemacht.

Nach der Konfirmation beglückte die Stuttgarter Professorentante mich mit einem kaum getragenen Loden-Parka. „Ein elegantes Stück“, wie sie betonte. Verziert mit ledernen Schlaufen. Die Knöp-

Ich bin der Größte

fe, längliche Hörnchen, flutschten ständig aus der Schlaufe heraus. Ein anderer ärgerlicher Nachteil: Vollgesogen mit Regenwasser hing das lodene Stück schwer wie ein nasser Sack um mich herum. Anständigerweise tropfte das Zuviel an Nass durch die Ausbuchtung der Kniggerbogger, die Strümpfe entlang, in die Schuhe.

Auf d'Gass

In der Schnellenstraße reihten sich auf der rechten Seite die für den kleinen Habenichts gebauten, einfachst ausgestatteten „Hitler-Häusle". Die soziale Errungenschaft aus der großdeutschen Euphorie mahnte zur Bescheidenheit. Mit meinem Aufzug fiel ich nicht auf.

Eines Tage legte ich mir einen anderen Habitus zu. Mein Lockenhaupt wurde mit einer Baskenmütze geziert, ein Geschenk vom studierten Stuttgarter Onkel. Die helle Rindsledertasche –„Täschle traget bloß Mädle" – verstärkte mein Anderssein, forderte Gleichaltrige zu boshaften Sprüchen: „Der will ebbes Bessers sein!" Den endgültigen Trennungsstrich zogen die ehemaligen Schulfreunde, die sich in der Volksschule wohler fühlten, nach der Konfirmation. Sobald ich mit den Schularbeiten fertig war, gings auf d'Gass. Noch gehörte ich zu ihnen.

Im Apfelhimmel

Auf der gegenüberliegenden Straßenseite reihten sich Hangobstwiesen. Ein begehrtes Aufmarschgebiet für ständig hungrige Nachkriegskinder, gut bewacht von geizigen Besitzern. Beim Versuch, meinen Anteil an den knackig-saftigen, rot-weißen Äpfeln zu sichern, riss ich mir beim Rückzug eine Dreiangel in die Hose. Der übersehene Stacheldraht, überwuchert von Gras und Brennnessel, riss ein blutendes Andenken in den Innenschenkel.

Am Ende des Gartenwegs stand im blauen Zwillich und einer gleichen Kapp der Besitzer, mit ausgebreiteten Armen den Weg versperrend. „Ihr brauchet et stehla!" Er deutete auf Säcke, Körbe und eine Obstleiter. „Ihr könnet mir helfe! Mei Mariele ka nemmar graddla!". Beschämt legten wir das Diebesgut in die Körbe zurück.

Das Angebot, von der ausgefahrenen Leiter die schönsten Früchte ganz oben zu pflücken, kam meiner Kletterlust entgegen. Dabei legte ich einen besonderen Ehrgeiz an den Tag. Die letzte Sprosse, sie reichte nicht bis zum obersten Ast, forderte meine schwäbischen Gene heraus: „nix verkomma lassa, vor ellem net so schehne Sache!" Ich angelte mich hoch bis zu den obersten, sonnenverwöhnten „Gwürzluige".

Bei den heimischen, altersschwachen Obstbauern war das wendige Bürschle von nun an gefragt. Eine Auflage meines Vaters einhaltend: „Aber mit der Lederhos wird so ebbes net gmacht!", garantierte für verkratzte Schenkel. Schwäbische Obstbäume sind sterch, die Rinde scharfkantig, es tat genau so weh wie der Stacheldraht. Einen Vorteil gab es dabei: Kam ich ins Rutschen auf den Ästen, sprang ich in gebückter Haltung, die Knie angezogen, auf den Grasboden hinunter.

Meinem Nachbar gelang das nicht so gut. Für die letzten dunkelroten Kirschen ganz da oben, bezahlte er mit einem längeren Krankenhausaufenthalt. Hätte er sich doch einen Profi wie mich geleistet! Mutter meinte dazu: „Zu de Arme ghört der net!" Im Spätherbst hatte ich dem Nachbar bei der Weinlese geholfen. Damals gab es zum Vesper eine trockene Brezel. Das war der Lohn für meinen Arbeitseinsatz.

Vom Krankenhaus zurück, ließ er über Mutter fragen, ob ich bei der Ernte nicht mithelfen könne, seine angeknacksten Wirbel ließen es nicht zu, auf die Leiter zu steigen. „Oh jeh", sagte Mutter, „wenn der nemme ka, noa muoß es schlemm sei." Ich lehnte ab. Zum ersten Mal. Sonst war ich immer zur Stelle, wenn es irgendwo irgendwas zu schaffen und zu verdienen gab.

Im darauf folgenden Jahr verwandelte sich die Obstanlage in eine Geldanlage. Überall wurde gebaut.

Die Fabrikanten

Auf dem größten Gelände der Obstwiesen baggerte eine auswärtige Firma eine riesige Baugrube aus. Vater meinte: „Da hättet drei Häuser druff passt!" Ein ungewöhnliches Gebäude wuchs aus dem Lehmboden. Mutter betonte, die Besitzer wären Fabrikanten und das große Haus eine Villa. Solche Leute wären hochnäsig und hielten das Geld zusammen. Später nahm sie ihre Meinung zurück.

Die erste Berührung mit den neuen Nachbarn machte mein Fußball, kurz nach deren Einzug. Ein missglückter Fallrückzieher bescherte der nagelneuen Eingangslampe ein frühes Ende und zwar auf dem Steinboden vom Fabrikantenhaus. Warum hing die Beleuchtung auch genau an der Stelle, an der unser Tor zwischen zwei Zwetschgenbäumen stand? Die Fabrikantenfrau schimpfte, wir sollen woanders spielen. Das war alles! Ein paar Tage traf ich zum zweiten Mal das am falschen Platz angebrachte Objekt. Ich rannte ohne Ball weg. Jemand riss die Eingangstür auf, schnappte mein Eigentum und verschwand wortlos hinter der Tür.

Mein Vater als Beistand fiel aus. Seine Parole: „Gugg wie du selber zurecht komschd!“ zwang mich frühzeitig zu selbstständigem Handeln.

Entschlossen kickte ich die Glasscherben auf einen Haufen zusammen. Ich schellte an der Haustür. Beim Läuten starrte das rechte Auge auf das goldenglänzende, großformatige Messingschild. Da hätten alle Namensschilder unserer Straße drauf gepasst. Die gestanzten Metallgroßbuchstaben prahlten: „Hier residiert der Herr Fabrikant Zimmermann.“

Unser Namenschild fiel wegen einer anderen Besonderheit auf. Mutters außergewöhnliche Handschrift, die schönste weit und breit – „Sie isch halt doch was Bsonders“, ein gängiger Spruch der Tanten bei Familientreffs – zierte den Pappedeckel an der billigen Haustüre. Geschrieben mit ihrem heiligsten Gut, einem Faber-Castell-Füller, gekrönt mit einer Goldfeder. Gelernt beim „Dehna“ (dienen) in der Fremde. Ihre Dienstherren besaßen das bekannteste Schreibwarengeschäft in Leipzig. In Sütterlinschrift zeigte sie den Herrschaften, die es sich leisten konnten, kostbare Schreibgeräte einer Nobelmarke zu erstehen, wie leicht die Buchstaben aus dem wertvollen Metall auf das unerschwinglich teure Büttenpapier flossen.

Meinen ersten Füllhalter drückte ich mit der breiten Stahlfeder auf das Linienheft. Es waren kleine Bäche und steile Bergwände, die nie eine Ähnlichkeit mit Mutters Kunstwerk erreichten.

Das Aushängeschild unserer Fabrikanten, sicher ein Meisterwerk der ansässigen metallverarbeitenden Handwerker, zierte an der unteren Seite eine Buchstabenkombination, mit der ich nichts anzufangen wusste: „ZEZ“. Mutter klärte mich auf. Z ist die Abkürzung für den Familiennamen, E für elektrisch und das Z am Schluss für Zubehör. Zum Beispiel wäre so ein Zubehör eine elektrische Wäscheschleuder.

Wie das gehen sollte mit dem Schleudern von Wäsche begriff ich nicht. Jeden Montag erlebte ich Mutter, Schweißperlen auf dem geröteten Gesicht, Wäsche zu einem dicken Seil drehend, bis kein Tropfen Wasser übrig war.

Eine Weile verlegten mein Freund und ich das Kicken auf eine Dorfrandwiese. Der Weg war weit, das Gras wurde zu hoch. Wir bolzten wieder auf dem Fabrikantengelände. Das ging ein paar Tage gut. Niemand störte uns. Dann flog mein Weitschuss über das Garagendach in den eingezäunten Garten. Die Klingel des Waschzubehör-Herstellers kannte mich schon. Sollte ich, wie letztes Mal, gleich darauf verschwinden?

Das metallene Geräusch lockte ein schwarzhaariges Mädchen an den Türspalt. Sie war etwa in meinem Alter. Eine nach oben gebogene Nase, zum Greifen nah, zwängte meinen Mut hinunter in den Sisalabstreifer. Rollende Mausaugen verklebten meinen entschuldigungswilligen Mund. Ihre Stimme klang ungewohnt tief. Die Strichlippen zuckten elektrisch, bewegten sich auf mich zu. Ein „ Uulla" dröhnte aus dem Mund. Den Namen fand ich blöd. Gönnerisch streckten mir stabile Unterarme meinen liebsten Freund entgegen. Den Ball klemmte ich wortlos mit dem linken Oberarm an seinen gewohnten Platz. Mein Mund und meine Augen verweigerten dem dunkelhaarigen Mädchen die nötige Anerkennung. Mein ausweichender Blick rutschte auf ein vorher unbemerktes, viel kleineres Adressenschild aus schlichtem Metall unter dem ZEZ-Schild.

Der Herr Schönherr, immerhin Prokurist der Schleuderfirma, gab sich bescheiden, wie die Häusler in der oberen Straßenreihe. Seine Frau, groß und blond – sie kam aus Norddeutschland, eine ungewohnte Erscheinung für die meist kleinwurzligen und eher braun bis dunkelhaarigen Schwaben – gefiel mir vom ersten Moment an. Wenn ich schon gewusst hätte, was „Liebe auf den ersten Blick" bedeutet, hätte ich mich leichter getan.

Für die Angebetete führte ich Einkäufe umsonst aus, fuhr zum Gespött der Straßenjungen das Baby in einem Korbkinderwagen herum. Die Belohnung in Form von Süßigkeiten nahm ich dankend an, obwohl das Lächeln mich schon genug entschädigte.

Eines Tages stand der Möbelwagen vor dem Herrenhaus. Mutter meinte: „Die können sich jetzt selber ein Haus leisten!"

Einige Nächte rieb ich mir heimlich die Tränen aus den Augen.

Im nahen Eichenwald lag unser Trainingscamp

Den Wald kannte ich in- und auswendig. Einmal in der Woche sammelte ich mit Mutter dürre Zweige. Das dicke Holz mussten wir liegen lassen. Das Reisig zum Anfeuern war umsonst. Ein Teil war fürs Backhäusle, der Rest für den Küchenherd.

Das Aufklauben der glatten Eicheln auf dem blättrigen Waldboden mochte ich nicht. Die waren auch nicht für uns. Mir kam es unendlich lang vor, bis ein Sack voll war. Beim Schweine-Bauer bekamen wir dafür Eier oder Speck. Kleine Eier behielten wir selber, die großen verkaufte Mutter teuer an die Städter.

Auf unseren Leiterwagen passten, gut geladen, fünf prall gefüllte Säcke. Obendrauf noch drei Büschel Reisig mit zusammengeknüpften Schnurresten festgezurrt. Wir konnten uns mit unserer Ladung sehen lassen. Richtig zu laden, machte mir Spaß.

In diesem Jahr kam der Winter überaschend früh. Gleich Anfang November schneite es mehrere Tage. Mutter jammerte, wie teuer die Kohle wäre. Gern hätte sie den Küchenherd über Nacht durchgeheizt. Die Wände kühlten aus und morgens brauchten wir zuviel Brennmaterial zum Aufheizen.

Eine Nacht war besonders kalt. Ich freute mich nur kurze Zeit über die Eisblumen. Die Bettflasche war überheiß. Meine Zehen hielten das heiße Metall nicht aus. Mein Hintern war noch empfindlicher. Die Bettflasche brannte mir ein kreisrundes Zeichen auf das verfrorene Teil. Wenigstens gab es was zum Lachen.

Es fehlte an Dauerbrennstoff. Einmal erbarmte sich der Ludwigsburger Onkel. Der schaffte bei einem Kohlenhändler. Er besorgte uns von der Eisenbahn-Verladestation in Kornwestheim Ausschussware. Die Hälfte nur Staub, die andere Hälfte zerbrochene Eierkohle. Die Paradestücke, auf die alle wild waren, richtige Briketts, warf er als Zugabe obendrauf. Zweimal im Jahr rumpelte sein Pritschenwagen das schwarze Gold ins Haus. Die neidische Nachbarin meinte hinterher der Mutter sagen zu müssen: „Der sieht aus wie an Zigeuner!“

Der Onkel war auch lustig wie ein Zigeuner, hatte sogar Gold im Mund und immer eine Zigarette am qualmen. Er buckelte sich rückwärts vor die groben Sisalsäcke, zog die dick-gedrehten Tragegriffe am krummen Rücken hoch, schritt zügig zur Schütte am Kellerloch, drehte über die rechte Schulter den schweren Inhalt haargenau, ohne auch nur ein „Bröggele" zu verschütten, durch die enge hölzerne Aussparung. Geschickt entwich der schwarze Mann der aufstaubenden Rußwolke mit einer Drehung nach vorne. „Gelernt ist gelernt!", lobte meine Mutter ihren Schwager. Mutter verstand die Antwort des starken Mannes richtig. Ein Hinweis auf die notwendige Staublungenspülung: „So a staubigs Gschäft braucht an Schnaps!"

Der Vater nannte den Kohlenhändler in seiner Abwesenheit einen „Hallodrie". Im Schwäbischen war das nichts Rechtes. Die Verwandten wunderten sich. Als einziger in der Verwandtschaft fuhr der Onkel ein flottes Auto, das sich doch nur die Reichen leisten konnten. Die besser gestellte Stuttgarter Tante behauptete: „Der wechselt schnelle Autos und Frauen öfters als seine Hemden!" Mir gefielen seine bunt-schreienden Papageienhemden. Ob mir das auch stehen würde? Eine phantasievolle Konkurrenz zu Vaters drecksuchenden langweiligen Weißhemden und den düsteren Schaffkitteln.

Mutter machte sich Gedanken darüber, ob er wohl das kohlenschwarze Hemd die ganze Woche anzog. Ihre größte Sorge galt ihrer Schwester Hede, die ja mit dem Onkel verheiratet war, und dem vielen Geschäft mit der Wäsch und so einem dreckigen Mann.

Die Welt der Zigeuner erlebte ich aus eigener Anschauung im Dorf jeden Sommer. Tante Sigrids Rezept: „Alles zusperra, vor allem d'Henna einsperra!"

Gürklesgeschichte!

Ich verdiente durch Erledigungen ein „bissle Geld". Taschengeld erhielt ich keines.

Mein Vetter vermittelte mir einen Ferienjob bei der Firma Hengstenberg in Esslingen. Der Vetter war zwei Jahre älter, ich gerade 14 geworden.

Ein Vorarbeiter schickte uns in die Gurkenabteilung. Am Eingang standen riesige Bottiche voller ungewaschener Gürkle. Meinem Vetter wurde die Aufgabe zugeteilt, die Gürkle mit einem Netz herauszufischen und in einen anderen Zuber mit frischem Wasser zu werfen.

Der Kapo (Vorarbeiter) wies mir einen Platz am Ende des Fließbandes zu. An meinem Arbeitsplatz standen ein Hocker und im Abstand der Reichweite meiner Hände eine kleine Maschine. Meine Aufgabe: die vorbeirollenden, gefüllten Gürklesgläser mit Deckel zu verschließen.

Vor mir saßen „gschdandene"Arbeiterinnen, zwischen ihnen einige Schülerinnen. Mit behenden Fingern stopften sie die „Frische-Ernte"-Gürkle in die Gläser, die im Rund um das Band liefen. Über den Gürklesstopferinnen tröpfelte Essig aus gelöcherten Kupferleitungen. Waren die Gläser voll, hielten die Frauen die gefüllten Gläser unter die sauren Rinnsale. Unaufhaltsam schleifte das Gummiband die Köstlichkeit Richtung Transportbandende.

Mit der linken Hand schnappte ich die aufgestapelten Deckel, mit der rechten Hand umklammerte ich den Hebel meiner Maschine. Mit dem Presslufthebel erledigte mein Maschinle schmatzend den notwendigen Abschluss. Ich brauchte eine gute Stunde Einarbeitungszeit.

Zweimal stoppte der Meister das Band, weil ich nicht nachkam. Jedes zweite Glas zog an mir ohne Deckel vorbei. „Du brauchst eine schnelle Hand!", mahnte eine ältere Arbeiterin, die als letzte in der Reihe vor mir hockte. Unerbittlich zeigte die Stechuhr, direkt im Blickfeld, wie viele Köstlichkeiten auf mich warteten. Widerwillig schob ich das säuerliche Produkt im Minutentakt weiter.

In der langen Nachmittagszeit trafen Sonnenstrahlen aus den Oberlichtern auf die schmutztrübe Wand. Auf der erhellten Wand planschten Kinder im Freibadbecken. Meine Phantasie erlaubte mir die aufkommende Langeweile zu vertreiben.

Die geübte Werferhand klaubte ein Gürkle aus dem Glas. Zielgenau klatschte das Produkt auf den Gummischurz in den Schoß eines netten Mädchen. Jede Zweideutigkeit war mir zu diesem Zeitpunkt fremd. Mit einem erstaunten Lächeln quittierte sie meinen Unfug.

Das war mein erster Annäherungsversuch. Zwischendurch fiel mir wie aus Versehen das Eingemachte auf den verschmierten Boden. Auf dem Gang zu Schaufel und Kehrwisch durfte ich die ganze Fabrikhalle, vorbei an riesigen Wasserbecken, gefüllt mit dem schwäbischen Ackerprodukt, bis zum lichtdurchfluteten Eingang durchqueren, genoss die Sonne, schlich langsam in gespielter Arbeitshaltung, den Kehrwisch in der Hand, dicht am blonden Mädchen vorbei, zum ungeliebten Arbeitsplatz zurück. Ich bin mir sicher ihr Name war Inge. Ihr sanftes Lächeln ermunterte mich zu weiteren Taten. Was ich nicht wissen konnte, das Mädchen war schon siebzehn und so gut wie verlobt. Naiv wie ich war, getraute ich mir, auf dem Weg zum Milchhäusle, an ihrer Haustüre zu läuten. Unerwarteterweise ging sie auf meine Bitte, mit mir spazieren zu gehen, ein. Ermuntert zu weiterem Vorgehen steckte ich ihr meine erste Liebeshymne in die Karojackentasche. Die Überraschte kehrte mir den Rücken zu, überflog den Inhalt, drehte sich zu mir herum und erklärte in aller Ruhe ihren Status. Beim Nachhauseweg fand sie tröstende Worte zum Abschied. Was für ein netter Junge ich wär, aber es ist nun mal so! Warum ich die Ablehnende wochenlang weiterhin mit meinen Briefchen belästigte, hängt wohl mit dem Umstand zusammen, dass ich noch viele Jahre brauchte, Liebesangelegenheiten richtig einzuschätzen.

In der Frühstückspause, die Mädchen saßen auf der Rampe, wir Jungs lümmelten drum herum, erhaschte ich bei der Angebeteten das Unaussprechliche, bedeckt von reinem Weiß. Die Zeit mit Inge und den Gurken dauerte drei Wochen. Das reichte, so hatte ich es mir ausgerechnet, um ein anderes wertvolles Stück zu erwerben. Mein Stundenlohn betrug 1,09 DM. Die Gurkenmädchen am Band verdienten 10 Pfennige weniger. Ich empfand den Unterschied gerecht. Mädchen brauchten keine Voigtländerkamera und sollten froh sein, überhaupt Geld zu verdienen!

„Du bekommst keinen Foto, wenn du nicht fragen kannst!“, bestimmte lauthals Vater. In meiner Euphorie verstieß ich gegen ein eisernes Gesetz der Kriegsgeneration. Der Vorgesetzte musste gefragt werden. Ich hatte es gewagt, wie ein Erwachsener, so habe ich mich auch gefühlt, im Fotoladen am Ladentisch, mir das teure Stück zeigen und erklären zu lassen. Lässig blätterte der jugendliche Käufer einen Hunderter und zwei Zehner auf die Theke. Von meinem Selbstverdienten blieb eine Mark übrig.

Zwei Tage später stand ich wieder vor dem Fotoladen, starrte ins Schaufenster, drückte langsam die Türklinke herunter, wartete, im Magen ein schwerer Stein, den nächsten Kunden ab. Betreten legte ich das zu Unrecht erworbene Stück auf die Glasplatte, stammelte meinen einstudierten Satz: „Weil ich nicht gefragt hatte, muss ichs zurückgeben." Ohne darauf einzugehen, griff der Verkäufer in die Ladenkasse, zahlte den Kaufpreis zurück. Ob es wohl mein Hunderter war? Der Gedanke erheiterte mich. Gewappnet stellte ich dem Herrn Oberstabsfeldwebel die erwartete Frage: „Darf ich mir von meinem Geld einen Fotoapparat kaufen?" Das prompte Nicken kam so unerwartet, ich hatte sein herrisches „Nein!" erwartet. Das „Danke!" verschluckte ich.

Eine andere Welt – Zwischen den Welten

Noch nicht der Fernsehgeneration zugehörig, stürzte ich mich auf die „Heftle". Ein Medium, das geschickt gehandhabt, trotz dem Verbot der Erwachsenen, immer greifbar war. In der Schultasche ruhte der Groschenroman, gut gepresst, zwischen Europa und Asien. Es war mir nicht zuviel, den schwergewichtigen Diercke-Atlas schultäglich mitzuschleppen. Zu Hause diente die Bibel im Nachttischkästle als verlässliches Versteck.

Eines morgens, beim hastigen Umpacken am Frühstückstisch, rutschte das Lesematerial heraus. Das Bibelformat war zu klein. Bevor meine Hand Billy Jenkins, meinen geliebten Wildwesthelden, vor dem sicheren Tod retten konnte, setzte Vater den Fuß auf den Kunstschützen. Meine Hand zog zu spät. Mitten in der Banditenjagd erwischte es den Gerechtigkeitsfanatiker. Das 50-Pfennig-Heft verglühte im Küchenherd. Ob er den Schurken noch erledigte?

Tom Prox, sein Konkurrent, überlebte die Banditenjagd in der Altwäschetruhe, obwohl er nicht so gut schießen konnte wie mein Favorit.

Meine Stadtoma

Die Esslinger Stadtoma, in ihrer Jugend auf einem oberschwäbischen Bauernhof groß geworden, hatte als einzige Verständnis für meine Sucht. Mit schwarzen, durchbrochenen Handschuhen, Hut und hochgeschlagenem Schleier – den ließ sie fallen um inkognito zu bleiben –, und immer mit einem Schirm bewaffnet, war sie gut gerüstet für einen Aufenthalt im Räuberkino Capitol.

Aber vorher entführte mich meine Kinodame immer ins Konsumcafé. Zur Cremetorte trank Oma Cola. Jedes Mal war sie enttäuscht, dass ich lieber meinen bittersüßen Kakao schlürfte und auf die Novität verzichtete. Ihre Abhängigkeit von den Produkten der COOP erklärte sie überzeugend. Sie gehöre zu den einfachen Leuten und die wohnen alle auf der Zigeunerinsel. Das war ein Stadtviertel vor der Stadt. Die Leute von der Stadt hatten keinen Grund über die Brücke zu gehen. Die hatten alles, was sie brauchten. Mir gefiel der Weg in die Stadt. Das Café Konsum genau das Richtige für uns. Ich war stolz auf meine Oma väterlicherseits, nicht nur wegen des Kinogehens. Ihr Auftreten – einfach klasse und passend. In der Stadt sah sie wie eine richtige Dame aus. Beim Schaffen im Haus und Garten wie eine Magd.

Opas Bruder, Mitinhaber der Blechembalagen-Fabrik auf der Zigeuner-Arbeiterinsel, sorgte früh für klare Verhältnisse. Er war der

Chef – unser Opa nur der Meister. Opas übertriebene Bescheidenheit ließ es nicht zu, Besitzansprüche anzumelden. Das Wurstdosenpatent garantierte lange Haltbarkeit der verderblichen Ware. Die Amerikaner honorierten den schwäbischen Erfindergeist.

Ob Oma sich deshalb allmorgendlich mit einem Indianertuch für den Alltagskampf rüstete? Das Stirnband, getränkt mit Franzbranntwein, vertrieb die bösen Geister aus ihrem Kopf. Das Unbehagen der stechenden Pfeile vererbte Oma ihrem Enkel, ebenso wie die Sehnsucht nach dem Landleben und das nicht Verzichten auf Stadtkultur.

Des Lesens vieler Wildwesthefte überdrüssig, wandte ich mich den Helden aus den Weltkriegen zu. Die bleigrauen Wildwesthefte tauschte ich bei einem Schulkamerad um. Zwei alte gegen ein neues farbiges. Auf dem Landser-Heftle sprang ein drahtiger Landser, bewaffnet mit Sturmgewehr und stahlblau aufforderndem Blick auf mich zu. Er riss mich ins Schlachtgetümmel hinein. Ich inhalierte das Geschehen als eine sportlich-faire Angelegenheit. Soldatsein, tapfer zu agieren, kämpfen bis zum Umfallen, dabei anständig zu bleiben, gelobt und belohnt zu werden, unterschied sich nicht von unserer Fußball-Ethik. Statt mit dem Ball, das Spiel mit dem Gewehr. Ob Ball oder Waffe spielte keine Rolle.

Die ständigen Wiederholungen der Abläufe hatte ich nach ein paar Heften über. Kurz entschlossen schwenkte ich zu einer anderen Waffengattung um.

Am tollsten fand ich unsere Fliegerhelden vom Ersten Weltkrieg. Auge in Auge mit dem Gegner, respektierten die stählernen Himmelshelden die Tapferkeit des Anderen. Im Heldenhimmel zählten die Todesmutigen die Abschüsse. An der Spitze lag mein Überheld, ein Herr von Richthofen. Den adligen Fliegerstar schnitt ich aus einer farbigen Pappvorlage aus. Das Denkmal litt ein bisschen unter meiner Grobmotorik. Der unsauber verarbeitete Klebstoff, sah in getrocknetem Zustand nicht gerade ästhetisch aus. Das passte gar nicht zu dem schönen Fliegertod.

Besser gelangen die Nachbildungen der deutschen Hybris auf See. Die Objekte waren größer und deshalb einfacher zu bauen.

Mein Panzerkreuzer „Graf Spee", mit den imposanten Gefechtstürmen, sorgte bei den Feinden, ich glaube in diesem Stadium sprach man von Feinden, für gebührenden Respekt. Der Untergang der edlen Armada stimmte mich traurig. Meine Begeisterung trudelte wie ein Stuka aus den Wolken ins Meer. Der U-Boot-Kommandant, Kapitänleutnant Prien, vollbrachte Wunder. Trotz feindlicher Übermacht und den unberechenbaren Wasserbomben, gelang es ihm, in den dunklen Tiefen des stürmischen Atlantiks zu entkommen. In Gedanken betete ich um frische Luft.

Im Badezuber übte ich das Luftanhalten. Das kleine Gewässer genügte nicht um die eigentliche Dramatik zu simulieren. Wir verlagerten den Atlantik in unser Lägerle, mitten im Eichenwald. Mit dem Klapp-Spaten, ein geklautes Kriegsutensil, den der Nachbarsjunge anschleppte, quälten wir uns abwechselnd in die Tiefe. Es dauerte Tage, bis wir im engen Unterseeboot mit krummem Rücken und eingezogenem Kopf Platz fanden.

Erwin schleppte eine verrostete Teppichstange her. Das Loch fürs Periskop bohrte ich mit Opas Erdspiralbohrer. Eine zerschlissene Wolldecke, gespannt mit Schnurresten, eignete sich als Bootswand.

Die erste Phase im Kampf um die Seehoheit begann uns zu langweilen. Beim 21. Abschuss stiegen wir auf die Endphase um. Es gab ständig Streit um die undankbare Rolle des feindlichen Frachtdampfers. Im Such- und Versteckspiel, der Gejagte war jetzt der Jäger, ging es heiß her. Das alles durchdringende Röntgenauge des Feindes stach unerbittlich durchs Wasser.

Wir einigten uns schließlich darauf, alle im gleichen Boot zu sitzen. Keiner wollte das neu erfundene Radar bedienen. Wir tauchten in die dunkelsten Tiefen, sahen verschreckt auf die rote Markierung der Tauchanzeige, lauschten auf die bedrohlichen Sonargeräusche, verharrten stundenlang regungslos und stumm, um das bisschen Sauerstoff nicht zu verschwenden. Mucksmäuschenstill zu hocken, fiel mir schwer. Lieber nahm ich den Heldentod in Kauf. Das Plop der schrecklichen Wasserbomben erlöste mich. Mutter würde das vom Vize-Admiral persönlich überreichte Ehrenkreuz bestimmt trösten.

Gott sei Dank brachte Erwin uns auf andere Kriegsspiele. Wir verlegten unsere Aktionen unter die Autobahnbrücke.

Es war verboten dort zu spielen. Vor einem Jahrzehnt hatten unsere schwäbischen Heimatbodenverteidiger für eine sachgerechte Sprengung der strategisch bedeutsamen Brücke gesorgt.

Die Soldatenstiefel der anrückenden Befreier marschierten nicht schnell genug. Die Amerikaner schossen auf die Stellung der Deutschen im Eichenwäldle. Eine verirrte Panzergranate bohrte sich durch unser Hauseck, durchschlug beide Außenwände. Hinter dem Einschlag stand die Korbwiege meiner Schwester, eingedeckt mit Zementstaub und Baumaterial. Mutter unterhielt sich auf der Straße mit der Nachbarin, im Arm das schlafende Kind.

Warum flog der Schutzengel nicht mit auf unseren neuen Kriegsschauplatz – die Autobahnbrücke? Die für die Ewigkeit gedachten Stahlbetonteile boten hervorragende Möglichkeiten, den Stellungskrieg unserer Väter und Großväter fortzusetzen. Unsere Kampfbereitschaft förderten liegen gebliebene und versteckte Kampfutensilien. Ein ganz eifrig Suchender entdeckte eine Handgranate. Kein ideales Spielzeug. Die linke Hand und seine Schulter sahen furchtbar aus.

Das andere Geschlecht

Meine Bubenspiele dauerten über die Grundschulzeit hinaus. Es kam mir nie in den Sinn, Mädchen daran teilhaben zu lassen.

In der Schule war alles viel einfacher als zu Hause. Die immer freundliche Grundschullehrerin sagte liebevoll zu mir: „Du bischd a Gscheidle!".

Am Ende der 4. Klasse testete uns die geliebte Pädagogin für die Aufnahme in eine weiterführende Schule. Das ausgewählte Diktat beinhaltete schwierige Wörter. Mein Vorteil, viel zu lesen, kam mir zugute. Stolz nahm ich die „Null-Fehler" entgegen. Das konnten die 20- und-mehr-Fehler-Kandidaten nicht auf sich beruhen lassen. Eine „Streberin" hatten wir schon in der Klasse. Das Null-Fehler-Mädchen nannten wir „Brillenschlange".

In der großen Pause nützten wir Jungs jede Minute zum Austoben mit dem runden Leder. Beim Rausrennen schrieen ein paar Klassenkameraden über den ganzen Schulhof: „Liebling-Liebling!“ Dumm, dass ich die Frau Lehrerin, das war die geforderte Anrede, tatsächlich verehrte. Eigentlich wollte ich mir die Hänselei nicht gefallen lassen. Beim Wort „Feigling“ hätte ich bestimmt zugeschlagen. Hilflos und bedrückt schlich ich in meine Bank.

In der nächsten Pause schoss ich ein Tor. Der Schlag auf die Schulter stellte den alten Zustand wieder her.

Es kamen die großen Ferien. Meine Retourkutsche erledigte sich von selber. Die Brillenschlange und ich waren erwartungsgemäß die Einzigen, die in den Genuss kamen, die Oberschule in Esslingen zu besuchen. Glücklicherweise wurde die Streberin in die Mädchenklasse eingewiesen.

Meine Klasse hatte einen Anteil von einem Drittel Mädchen. Das gefiel uns Jungs ganz gut. Wir hatten immer die Oberhand. Das änderte sich ab der 7. Klasse. Die Mädchen nutzten ihren Pubertätsvorsprung aus.

Über diese biologischen Gegebenheiten wussten wir nicht viel. Ohne viel Aufsehen legte Mutter auf mein Nachtkästle ein Arztbuch hin. Das war eine Buchreihe, die dem einfachen Mann oder Frau half, Krankheiten zu verstehen. Ich glaube der Titel hieß: „Mein Hausarzt rät“. Mit einem Veilchen-Lesezeichen wollte Mutter meine Aufmerksamkeit auf eine Zeichnung der Geschlechtsorgane lenken. Ein anderes Kapitel beschrieb Krankheiten, die man sich einheimst, wenn man das Schreckliche tat. Ich fand das Buch nicht interessant. Mit meinem Fußball konnte ich mehr anfangen. Mädchen waren dazu nicht zu gebrauchen. Unsere normale Bezeichnung für die anderen Wesen in unserem Alter lautete: „Dumme Kühe“. Es gab noch eine andere Variante „Blöde Gänse!“

Eine, ich glaube sie hieß Gretel, gehörte zu den letzteren. Die hatte die „Gosch“ immer offen. Im „Dadda-dadda-dadda“-Takt schoss das weibliche Maschinengewehr alle Patronengurte leer. Wahrscheinlich schlief sie nachts mit offenem Mund und tackerte weiter.

In der Geographie-Stunde, streckte sie bei jeder „passenden“ Gelegenheit. Den ausgestreckten rechten Arm unterbaute sie mit der linken Hand unter dem rechten Ellenbogen, den linken brauchte die Dauerstreckerin als Stütze auf der Schulbank. Dabei schnalzten Daumen und Mittelfinger so penetrant, dass sogar der Lehrer, sie deswegen ermahnte. Wurde die Herumwedlerin übergangen, zog sie eine Schnute. Das Unerträglichste: Die Hälfte der herausgesprudelten Antworten war falsch.

Es war unumgänglich, eine Gegenmaßnahme einzuleiten: Stilllegung des Sprechapparats. Der großformatige Atlas, eine eindeutige Sache, um der Wichtigtuerin einen Denkzettel zu verpassen. Mein Nebensitzer honorierte den Vorgang. Den Kopf gesenkt, ohne einen Laut von sich zu geben, lief sie schnurstracks ins Rektorat. Nach der Pause blieb ihr Platz unbesetzt.

Die Lehrerin begrüßte uns französisch. Wir Schüler antworteten im Stehen. Eine harte Hand, die ich auch gleich zu spüren bekam, klopfte an die Klassentür der 7c. Der Herr Direktor winkte mich zu sich, packte mich, wie Opa seine Hasen, führte mich ins Direktionszimmer und ließ erst los, als er mich in den Sessel vor seinem, mit wichtigen Papieren überladenen Schreibtisch hineinstieß. Wir hatten beide verschiedene Farben im Gesicht. War ich weiß und er rot? Das Strafmaß war nicht gering, aber gerecht. Das konnte man nicht von allen Pädagogen behaupten.

Bald erwachsen

Die Mutter der Lädierten kannte kein Erbarmen. Der Besuch beim Schulleiter genügte ihr nicht. Sie suchte meinen Vater auf. Die Sache endete nicht gut für mich. Ich suchte bei Oma Zuflucht. Mutter wollte ich nicht belasten.

Oma tröstete mich mit einer Geschichte. Vaters Gretel trug wie alle Gretels einen gedrehten Haarzopf. Verschönert mit einem roten Bändel hing das Prachtstück fast bis zum Hinterteil. Mit der Länge konnte keine andere mithalten. Eines Abends klopfte die Mutter von Gretel bei Oma und Opa an der Tür, an der einen Hand ihre Gretel, mit der anderen Hand hielt sie weit ausgestreckt den abgeschnittenen Zopf ihrer Tochter. Ich fragte Oma nach dem Motiv für Vaters Tat. Ich hätte es zu gerne gewusst. Oma schüttelte den Kopf.

Schule

In Deutsch unterrichtete uns ein Reserveleutnant. Die neue Uniform sah nicht so gut aus. Kurze Lederhosen, darüber kariertes Hemd, darunter Sandalen. Im Nachkriegslook verbrachte der Ersatzlehrer seine Freizeit vormittags im roten Backsteingebäude, schwitzte wie ein Schwein, wischte sich mit seinem handtuchgroßen Taschentuch ständig um seinen fetten Hals. Niemand erlaubte ihm, während der Aufsatzstunde eine Zigarre anzustecken. Dabei las er ungeniert die Tageszeitung. Schlau wie er war, glotzten seine Schweinsäuglein durch ein eigens zu diesem Zweck gebohrtes Loch, auf die folgsamen Ferkelchen. Seine Überwachungspflichten nahm er genau. Meine mit Phantasie geschmückten Texte belohnte Schweinchen Schlau anerkennend mit einer gute Note.

Zum Jahreszeugnis fehlte noch eine Arbeit. Der Sonderling empfahl mir, mich heute besonders anzustrengen. Nahe an meinem Ohr flüsterte der Satan: „Da könnte eine Eins rausspringen!"

Tage später klatschte der Fettsack unsere Hefte auf den Pult. Zuerst las er die guten Aufsätze vor. Das zuletzt ausgeteilte Heft war meines. Unter meinem Schlusssatz stand rot: Thema verfehlt! – Mangelhaft! Das bedeutete eine Drei in meinem Lieblingsfach Deutsch. Durch das Klassenzimmer schrie ein braver Schüler: „Beschiss!" Der Lehrer ging nicht darauf ein. Mein Nebensitzer bemühte sich um mich. Meine Rachegedanken konnte er jedoch nicht austreiben. Ich wollte das Schwein abstechen. Doch der Betrüger entzog sich der gerechten Strafe. Nach den Ferien getraute sich der Feigling nicht mehr in die Schule.

Bei der nächsten schulischen Ungerechtigkeit überfielen mich schon wieder böse Gedanken. Das Opfer: klein, mager, weiblich –

unsere Französischlehrerin, Frau Wolf, um die fünfzig. Die Wölfin schikanierte mich und meinen Nebensitzer. Bei jeder passenden und unpassenden Gelegenheit kritisierte die unscheinbare Kreatur unsere Antworten. Das Schlimmste: Sie machte sich über unsere schwäbisch gefärbte Aussprache lustig. Einmal rief sie mich vor die Klasse, verlangte von mir, in Kreide das schwierige Wort „merveilleux" an die Tafel zu schreiben. Mit ihrem komischen Lächeln – das Wort süffisant kannte ich noch nicht –überreichte sie mir huldvoll ein neues Stück Kreide, flötete: „Du hast es in der Verbesserung wieder falsch geschrieben!". Ich konnte und wollte es nicht. Die graue Wölfin wandte sich zur Klasse: „Wer will dem Armen helfen?"

Es war soweit. Mit geballter Faust trat ich vor die Zwergin, vor mir stand kein gleichwertiger Gegner, meine linke Hand umschloss den faltigen, mit gestärktem Seidenkragen umrahmten Hühnerhals. Opa konnte das perfekt mit seinen Hennen.

Leider war ich ein Versager. Ein Schrei hinter mir hemmte mich. Es war die Brillenschlange. Warum die „blöde Kuh" sich einmischte, begriff ich erst später. Die Farbe des blauen Briefes – mit der Auflage, den Schrieb persönlich zu Hause abzugeben – zeichnete sich einige Zeit bei mir auf markanten Körperteilen ab. Einschneidender die anderen Auflagen – vier Wochen kein Taschengeld. Und zu meiner geliebten Stadtoma, die mir doch immer half, durfte ich bis auf weiteres nicht mehr.

Um der sicheren Fünf bei der Wölfin zu entgehen, dachten sich die „Unzertrennlichen", so nannten wir uns, ein Spiel aus. Auf die nächste Wörterarbeit lernten wir ausnahmsweise mehr als sonst, halfen mit den üblichen Möglichkeiten ein bisschen nach. Das Resultat – eine Drei minus. Wir rechneten uns aus, mit einer Vier davonzukommen.

Bei der letzten angesagten Klassenarbeit, so war es ausgemacht, wollten wir schwänzen oder „Mir ist es so schlecht!" spielen.

Ein Schulkamerad, sein Vater war Arzt, prahlte, die beste Möglichkeit wirksam krank zu sein sei Zahnpasta schlucken! Mein Nebensitzer versprach, den Part zu übernehmen.

In der vierten Stunde teilte die Wölfin die vorgedruckten Fragen aus. Das Datum und den Namen trugen wir pflichtbewusst ein. Der

Zahnpasta-Schlucker krümmte sich in der Bank. Eilfertig streckte ich und bot an, den Todkranken heimzubringen. Der Lehrerin blieb nichts anderes übrig, als uns ziehen zu lassen. Auf dem Schulhof fing der Kranke an zu lachen. Er beichtete, dass er die Zahnpasta gar nicht geschluckt hätte und wir uns jetzt in der Stadt rumtreiben könnten. Das war sein zweiter nicht mehr gut zu machender Fehler. Ein ruhesuchender Lehrer erkannte die Herumstreifer in der Stadtparkanlage. Der Kranke musste die Arbeit nachschreiben. Ich nicht !

Umzug – Schulwechsel

Vater suchte nach einem besser dotierten Job. Er bewarb sich in der alten Reichsstadt Esslingen bei einer angesehenen mittelständischen Firma um die kaufmännische Leitung. Obwohl er keinen ordentlichen Titel hatte, schaffte er es in die engere Auswahl zu kommen.

Nach weiteren Bemühungen gelang es, bei einer kleineren Firma im Remstal eine bessere Position einzunehmen. Es fiel ihm schwer, seine Heimat zu verlassen. Den Umzug von Denkendorf verkraftete ich, ohne Schaden zu nehmen.

Meine neue Umgebung war gar nicht so anders. Der angeberische Goldgockel auf dem Kirchturm reckte den selben Schnabel, die Turmglocken riefen zur selben Zeit zum Nachdenken. Beide Dorfkerne schmückten Fachwerkhäuser, verdeckten die protzigen Neubauten, die langweilige Flüchtlingssiedlung und beherbergten gleichviel schaffige, geschwätzige, wohlgelaunte und griesgrämige Bürger.

Zu den letzteren gehörte der Pfarrer. Mein erster Konflikt mit der neuen Umgebung und deren Pädagogen entzündete sich nicht im Schulhof. Es gab ja noch eine Einrichtung, bei der man brav mitmachen oder anecken konnte.

Bei einer harmlosen Schneeballschlacht auf dem Kirchplatz traf ich ein Mädchen mitten aufs Auge. Der Schneeball war nass, und, ohne es zu wollen, mit einem Stein angereichert. Das Auge der Getroffenen blieb unverletzt. Gegen das Mädchen hatte ich gar nichts, im Gegenteil, sie war eine von den lustigen, die jeden Blödsinn mitmachte. Ihre Freundin weckte den Herrn Pfarrer. Der pflichtbewusste Geistliche beschwerte sich bei meinem Vater.

Die Strafen, mit denen Vater mich bedachte, aus seiner Sicht, eine notwendige Maßnahme, standen in keinem Verhältnis zur Tat. Das Tun des Gottesmannes fand ich ungerecht.

Der Herr Pfarrer erschien immer zu spät zum Konfirmandenunterricht. Die Zeit brauchte ich, um mich in meinem Versteck, einem gewaltigen Eichenschrank, einzurichten. Der Muff der Talare forderte noch keinen Widerstand. Die schwarzen Gewänder, lustigerweise mit einem weißen Kragen besetzt, verbargen den übermütigen Rächer. Von der dunklen Stimme des Unterrichtenden angefeuert, sangen die jungen Gemeindemitgliederanwärter falsch und laut das obligatorische Eingangslied. Aus dem weiten Hosensack angelte ich Mutters kleinen Küchenwecker und stellte ihn ein. Nach dem Eingangslied, klingelte mehrere Male das Läutwerk. Gedämpftes Lachen war die Antwort. Einige Minuten später dasselbe Spiel. Ich war mir meiner Sache sicher und wiederholte den Vorgang noch zweimal. Die Antwort, ein schallende Ohrfeige im Doppelpack. Der Gefoppte, ein großer, kräftiger Mann, hatte die Lacher auf seiner Seite. Mein Kumpel zählte die Finger auf meiner gefärbten Backe. Nach meiner Beobachtung war sein Mitleid geheuchelt. Die Strafe, die der christliche Pädagoge ausführte, fand ich gerecht.

Wie das Leben im Dorf geregelt wurde

Das sofortige Abwickeln einer Strafe an Ort und Stelle praktizierte die Obrigkeit in der grünen Uniform für Jugendliche und Erwachsene in einer annehmbaren Form.

Unser Dorfpolizist verfuhr nach diesem Schema: Erwischte uns der „Greene“ zog er uns am Ohr in den Himmel. Vorher fragte er jedes Mal: „Eselsohren, oder...?“ Ein kurzes Nicken genügte. Das Ziehen verursachte einen ertragbaren Schmerz. Die Strafe erlitt ich schweigsam. Das ersparte dem Ordnungshüter Arbeit und uns viel

Ärger. Der Gang zu den Vätern – unangenehm für beide Seiten. Die Mütter wurden bei solchen Aktionen nicht einbezogen.

Es gab im Dorf ein stillschweigendes Verständnis für Jugendstreiche. „Richtige Kerle müsset au Blödsinn mache!" Zum Beispiel: sich verstegga ond Leit verschregge. – Mischdbolle en dr Briefkaschde schmeißa – Loiderwägele der Berg na lau – Mädle dr Rock lupfe – em Freibad Kleider tausche. Manches isch au schief gange. Grad des Letschdere, da hat dr Bademeischder drzwischa gfonkd ond uns nausgschmißa.

Durch die Astlöcher blenzle wars Schönschde. Da hen die Weiber emmer ganz laut gilled, wie wenns ehne Schbass mache däd!"

Das Wochenende

Es war Pflicht, als „Zuhörer", das war eine Vorstufe des Konfirmandenunterrichts, sonntags den Gottesdienst für Erwachsene zu besuchen. Wir mussten bei den Männern auf der Empore sitzen. Der liebe Gott vergaß, unseren Pfarrer mit der Gabe der Rede auszustatten. Die Alten schliefen bei seinen Predigten nach den ersten Sätzen ein, wachten aber rechtzeitig zum Amen wieder auf. Bedächtig nestelten die Predigtschläfer ihre angeketteten Zeitmesser heraus, nickten zufrieden über das abgelesene Ergebnis, seufzten erleichtert. Um so eifriger agierten sie beim Absingen des obligatorischen Schlussliedes.

Die unverständliche Rede unseres Predigers, der Ehne hatte dafür die treffende Bezeichnung "Sprache Kanaans", quittierten die jungen „Zuhörer" mit Grimassen, Zeichensprache und in die Bänke reinlümmeln. Mit lautem Rotzen probierten die ganz harten Jungs sich in Szene zu setzen.

Nicht meine Sache! Ab und zu hörte ich den frommen Worten, wie zum Beispiel „Gottes Barmherzigkeit reicht bis in alle Ewigkeit!", zu, konnte aber nichts damit anfangen.

Um der Langeweile zu entgehen, drehte ich Papierkügele. Ich spähte nach einem geeigneten Objekt. Die Mädchen saßen auf den unteren Kirchenbänken. Mein ausgesuchtes Ziel zu treffen, brauchte viel Können. Schwarz quellendes Haar, zu einem Osternest über dem freien Nacken zusammen gesteckt. Lieber hätte ich schön gefärbte Ostereier aus nächster Nähe hineingelegt. Fromme Mädchen bewaffneten sich mit einem Haarschutzwall – im Volksmund Dutt genannt – um ihre Haarpracht und das Begehr der Männer zu bändigen. Mein Krampen kam von der Flugbahn ab. Erbost drehte sich eine alte Dame um. Hatte ich ihr andächtiges Zuhören oder ihr Nickerchen gestört?

Der Einzige, der nicht schlief und nichts anderes zu tun hatte, als uns im Visier zu behalten, war der Messner. Der kleine, wuselige Kirchendiener hockte auf seinem Hochstand, oben bei der Orgel neben dem Organisten. Von dort kontrollierte er die Anwesenheitsliste. Niemand getraute sich zu schwänzen. Ungeduldig saßen wir die Zeit, in der wir doch sinnvollere Sachen hätten tun können, auf den harten Kirchenbänken rumrutschend ab.

Es war ein Jahr nach der WM in Bern. Nach dem Gewinn der WM setzten wir Fußballfreunde eine neue Zeitrechnung an. Konfirmiert wurde ich also im Jahre Zwei nach Bern. Für uns Buben gabs nur eine Sache und die war rund. Sogar meine fromme Mutter anerkannte diesen Sachbestand. Ihr Befund: „Mei Bua hat an Fußball statt en Kopf!".

Von der C-Jugend schaffte ich schnell den Sprung in die B-Jugend. Ein flinker Stürmer findet immer seinen Platz. Bei einem wichtigen Aufstiegsspiel schoss ich das entscheidende Tor. Gefeiert haben wir im umgebauten Keller beim Trainer. Der Partyraum bot eine Wildwesttheke aus angeflammten Tannenholz, davor schwarze Stahlrohrstühle. Alle Wände und Decken mit echtem Schwarzwald-Kiefernholz verkleidet. Der rustikale Charakter war ein Novum auf dem Lande.

Auf dem Barhocker konnte ich mich nicht lange halten. Das Getränk, ein hauseigener Moscht, vom Karle spendiert, leerte ich heissdurstig hinunter. Es gab keinen Sprudel. Ein Ersatzspieler kippte Zwetschgenwasser dazu. Von dem Wirkungsverstärker ahnte ich nichts. Das Gebräu brachte den Ungeübten mitsamt der ungewohnten Sitzgelegenheit in die Kipplage.

So ein Auto hätten wir auch gerne!

Diese Gemeinheit trieb mich ins gegnerische Lager. Die spielten auch mit einem Ball, aber in der Hand. Der Umgang untereinander unterschied sich hör- und sichtbar von den Fußball-Proleten. Es war ja auch eine christliche Gruppe, mit dem schönen Namen „Eichenkreuzsport".

So ein Eichenlaubkreuz beinhaltete Ideale, die mir imponierten.

Samstag – der sechste und letzte Tag der Arbeitswoche

Das Dumme war nur, die Spiele wurden immer auf Samstag- oder Sonntagnachmittag angesetzt. Aber der Sonntag gehörte dem Herrn und samstags konnte ich nur, wenn Vater mir rechtzeitig freigab. Samstag war Arbeitstag bei ihm. Er musste samstags bis um 12 Uhr arbeiten. Mir war das ganz recht. Als Ältester war ich auserkoren, alle Arbeiten zu erledigen, die man den Kleinen nicht zumuten konnte: Holz hacken, mit der Sense unsere Stückle mähen und was so alles in einem schwäbischen Haushalt anfiel.

Meine Mutter lüftete jeden Tag die Betten, putzte einmal in der Woche die Fenster, und am Waschtag, der war immer montags, war die sonst so liebe Mama nervös.

Samstags wurde offiziell richtig geputzt. Doch eigentlich tat Mutter das jeden Tag. „Ob ich das alles heute schaff?“ Am Schafftag kochte Mutter das immer gleiche Mittagessen, Gaisburger Marsch, mal mit Spätzle und, wenn die Eier wegen dem Sonntagskuchen knapp wurden, mal mit Kartoffelschnitz. Gegen Ende des Monats fehlten die Fleischbröckele.

So gutes Essen wie bei Oma gab es selten. Die hausgemachte Leberwurst, um das Sülzige stritten sich Opa und ich, gibt es heute nicht mehr, da können sie noch so oft „Hausmacher“ drauf schreiben. Der Grund ist ganz einfach. Man füttert die Tiere nicht mehr so lange wie zu früheren Zeiten. Heute werden die Tiere in vier Monaten schlachtreif gefüttert, früher in acht Monaten.

Genau um 4 Uhr servierte Mutter guten Kaffee für die Erwachsenen. Hier unterschied sich Mutter von Oma. Bei der stand Tag für Tag auf dem Herd ein Gebräu, das nichts mit Kaffee zu tun hatte. Der Kaffee-Ersatz mit dem schönen Namen Zichorie roch nach Verbranntem. Die dunkle Brühe sei äußerst gesund behauptete Oma. Das Produkt sei pflanzlich und ohne das schädliche Koffein.

Wir Kinder durften Kakao in unsere Milch einrühren. Das bittere Pulver ließ sich schlecht verrühren, verklumpte, verschmierte den Tassenrand. Der Rest hing ungelöst am Tassenboden. Dafür schmeckte das Kapselbrot aus Weißmehl, im Backhäusle gekrustet, eingetunkt in der rotbraun gefärbten Milch um so besser.

Nach der Pause wurde nichts mehr geschafft, nur noch Werkzeuge aufgeräumt. Der Vater kontrollierte, ob ich sie sauber geputzt hatte. Den Schlussakkord, die Gass fegen, führte der Hausherr selber aus. Da konnten die Nachbarn, ein Lehrerehepaar aus Norddeutschland sehen, wie man es richtig macht und wie tüchtig wir doch waren.

Herr Klar war der neue Rektor an der Dorfhauptschule. „Warum man dafür einen von da oben braucht?“, fragte mein Vater in ärgerlichem Ton die Mutter. Er konnte Herrn Klar nicht leiden. Der hatte sich mal eine Bemerkung über Vaters harten Erziehungsstil erlaubt. Frau Klar schenkte mir Bücher über Tiere und Natur. Ich mochte die Frau und ihre Bücher.

Um 6 Uhr läuteten die Kirchturmglocken den arbeitsfreien Sonntag ein. Im Kessel vom Heißwasserofen entfachte Mutter mit Papier und meinen Holz-„Spächele" eine Höllenglut. Der ungemütliche Waschraum verwandelte sich in ein Kinderparadies.

Mutter füllte unseren Zink-Bade-Zuber abwechselnd mit kochendheißem und eiskaltem Wasser. Mit dem Rat, sich ordentlich zu waschen, deutete unser Sauberkeitsapostel auf die kernige Seife, entfloh mit Gekreisch, das gar nicht zu ihr passte, aus dem Dampfbadinferno. Unkontrolliert tobten wir Kinder so lange herum, bis Kälte und Wassermangel uns zum Abtrocknen zwang. Das Zubettgehen wurde für die Schwester auf „Achde" und für mich auf „Neune" festgelegt.

Vater erlaubte mir das Mithören von Radiosendungen. Am besten gefielen mir Hörspiele. Vater wollte so was „Ernstes" nicht hören. Er hätte im Krieg genug Schlimmes gesehen und gehört und jetzt wolle er am Liebsten was Leichtes. Mutter beschäftigte sich mit Häkeln

Am Sabbath sollst du ruhn – Der siebte Tag

An dem Brauch, am Sonntagmorgen in die Kirche zu gehen, galt es nicht zu rütteln. Der Einstieg war die Kinderkirche. Da ging es fröhlich zu. Das regelmäßige Erscheinen belohnte der Kinderkirchenhelfer mit kleinen Geschenken.

Vorher gab es noch zwei angenehme Rituale für uns Kinder. Der Ablauf, Frühstück um 8 Uhr, wurde über Jahre beibehalten. Mutter begründete das mit dem Hinweis, das aufwendige Sonntagsmahl brauche seine Zeit, sonst werde sie nicht rechtzeitig fertig. Als Ausgleich bereicherte Mutter das karge Frühstück – es gab nie Wurst oder Käse, manchmal ein Ei für Vater – mit einem Wortwechsel. Werktags gab es keine Gelegenheit zum Schwätzen. Vor allem hatten wir Kinder nicht zu reden, ohne gefragt zu werden.

Ob es wohl mittags regnet und man einen Schirm zum Spaziergang brauche? Die Wetterfrage musste erörtert werden. Mutter, besorgt um die Gesundheit ihres Ältesten, hätte sonst nicht ihre berechtigte Frage: „Bua, bisch du au warm azoge?" unterbringen können.

Mein Stolz verbot mir, Schirm und Mütze zu tragen. Vater duldete es. „Laß ihn doch!", fuhr er die Mutter barsch an „der hat gnug Haar auf em Kopf"

Vater hielt es für wichtig, ordentlich daherzukommen. Er bemängelte meinen eingezogenen Rücken. Den hatte er mir beigebracht. Das Genick einziehen, vor seinen Schlägen.

Zum Gang in die morgendliche Kirche richtete Mutter mich her – ein weißes Hemd, dunkle Hose, im Winter ein Jackett, behaftet mit zwiebligem Bratengeruch. Zur Neutralisierung verteilte Mutter ein paar Tropfen billigen Parfüms an das Revers und an meinen sauberen Hals. Beide Geruchssorten konnte ich nicht leiden. Beim Hinausgehen drückte mir Mutter das ledergebundene Gesangbuch in die rechte Hand. So konnten die Leute sehen, wo ihr Sohn hingeht. Auf keinen Fall durfte ich das sichtbare Zeichen für die Frömmigkeit unter den Arm klemmen. Das Buch sollte in der rechten Hand nach außen gewinkelt, deutlich sichtbar getragen werden. Die Ermahnung im Ohr, die polierten Schuhe vor Dreck zu schonen, schritt der Junge gut gewappnet in die Sonntagswelt hinein. Ein repräsentativer Gemeindehaufen, aufgeteilt in verschiedene Alters- und Standesgruppen füllte den Kirchplatz. Unser kleines Häuflein verdrückte sich an die untere Kirchenmauer. Die „Besseren", Mutter sprach immer in der Form, setzte noch „Leut" dazu, zeigten im angeregten Gespräch, ganz oben an der Kirchentreppe, wie es um sie steht. Das wünschte sie auch ihrem Bub, dass der einmal, zu denen gehört.

Geschmückt mit Tante Olgas „Boussiertüchle", das so gut zu den Locken passte, getränkt mit Mutters „Eau de Cologne" kämpfte mein überempfindliches Riechorgan gegen Mauermoder, säuerlichen Altleutegeruch und Mottenpulver.

Für frische Luft sorgte Vater nachmittags. Mutter zuliebe übernahm ich die unangenehme Aufgabe, das weiße Rosenheim-Porzellan mit einem zweiten Handtuch sorgfältig von Schlieren zu befreien. Es war die einzige Zeit, um mit Mutter allein zu reden. Vater lag auf dem Sofa. Meine Schwester schmökerte.

Der Zeiger hing auf 2 Uhr. Der Abmarsch begann. Meistens landeten wir im immer gleichen Lokal. Im Sommer spielten wir Kinder draußen. Vater bestellte für Mutter einen hauseigenen Saft. Er selber trank je nach Witterung Moscht pur, und wenn es sehr heiß war mit Sprudel. Seit neuestem rauchte er eine Villinger. Das hing mit seiner Stellung zusammen. Vater hatte den grauen Kittel gegen einen halblangen weißen Mantel getauscht.

Für Mutter brachte es eine zusätzliche Plage. Der Aufsteiger verlangte jeden Tag ein frischgebügeltes Hemd. „Des koschdet mi soviel Zeit", stöhnte Mutter.

Den Duft der teuren Zigarre fanden Mutter und ich angenehmer als seine billigen „Stombe". Ich hasste deren beißenden Geruch. In diesem einen Punkt setzte sich Mutter durch. Das wunderte mich.

Genau so erstaunlich: Wir wussten nie, warum er heute so generös, ein anderes Mal so unerbittlich war. Im ersten Fall spendierte er außer einer Flasche süßen Sprudels für uns große Geschwister, ein Päckchen Friedel-Brause. Die Schwester bevorzugte Himbeere, ich wechselte zwischen Zitrone und Waldmeister.

Pubertät

Vor dem Konfirmandenunterricht lungerten wir, geschlechtergetrennt am Eingang zum Gemeindehaus herum. Aus der Jackentasche angelte ich, für alle sichtbar, ein Päckchen Zaubertrank, schüttete den trockenen Brauseinhalt in meine geöffnete, hohle Hand. Kurz überlegte ich, ob ich es wagen sollte. Mit ausgestrecktem Arm drehte ich mich zum Schneeballmädchen, direkt vor ihren kirschenroten Mund. Mein ausgedachter Satz klebte am Gaumen. Es war gar nicht nötig. Sie sagte auch nichts. Aus ihrem Kirschmund tropfte der begehrte Saft. Ihr brauner Wuschelkopf beugte sich über die farbig schäumenden Blasen. Mit schneller Zunge schlürfte die Unerschrockene den Schaumbrei „Zubb, zubb!"

Unbemerkt drängte sich mein Kumpel zwischen uns, schlabberte, ohne den Zauberer zu fragen, die Spuckemischung auf. Die Umstehenden grinsten hämisch. Ein Mädchen kreischte: „Ich auch!" Statt meinem Widersacher eins reinzuhauen, packte ich den Spielverderber am Arm und schleppte ihn zur Brillenschlange hinüber. Voller Wut über meine Gemeinheit spuckte der Enttäuschte auf das trockene Pulver. Die Gefoppte bedankte sich mit einem schwungvollen Schlag auf die Backe. Das Gejohle stimmte mich zufrieden. Die unerwartete Schlagfertigkeit verdiente meinen vollen Respekt.

Die ersten Versuche beim anderen Geschlecht

In der Schule kamen ab der 8. Klasse härtere Zeiten. Geometrie war nicht mein Fach. Eine Fünf war fällig. In der Straßenbahn setzte sich die Brillenschlange, ihren Namen habe ich vergessen, neben mich. Mit leisen Worten bot sie mir an, bei Mathe zu helfen. Ich lehnte ab.

Vor der ersten Stunde durften auswärtige Schüler, bis der Unterricht anfing, den Aufenthaltsraum benutzen. Verstohlen steckte der Faulpelz dem fleißigen Lieschen ab und zu als Dankeschön fürs Abschreiben, Süßigkeiten zu. Mehr gab mein Herz nicht her. Das gehörte dem Brausemädchen. Mit ihr verabredete ich mich am Waldbrünnele.

Es war unmöglich, sich im Dorf zu treffen und von dort gemeinsam zum Wald zu spazieren. Dazu sollte man sich versprochen sein. Die Heimlichtuerei macht mir nichts aus. Ich liebte das Versteckspiel. Nach ein paar Schritten griff meine Hand nach ihrer. Der erste Hautkontakt war nichts Besonderes – warme Hände, die fest zudrückten. Meine Lippen streiften auf ihren weißen Wangen auf und ab. Es roch nach Veilchen. Gab es so ein Parfüm?

Beim nächsten Treff, immer Mittwochnachmittag um drei Uhr, wagte ich mich mit zitternden Lippen an ihren Mund. Er schmeckte nach Erdbeer. Von einem Zungenkuss wusste ich noch nichts. Beim nächsten Mal nahm ich mir vor, ihre großen Dinger zu betasten.

Die fest eingeschnürten Rundballen machten meine Hände hilflos. Entgegenkommender weise schob sie ungeniert die erste Sperre hoch. Unter dem Pullover verdeckte ein weißes Unterhemdchen die begehrten Objekte. Sie streifte das Wäschestück hoch. Der Anblick des gefüllten BHs steigerte das Verlangen auf das dahinter Verborgene ins Unerträgliche. Rasch zog die Mutige die Rollläden wieder runter.

Zu Hause holte ich Mutters Wäschekatalog aus dem Schlafzimmer. Andächtig betrachtete ich die abgebildete Unterwäsche, schloss die Augen, stellte mir meine Waldfee in der verlockenden Kleidung vor. Ohne viel zu tun, ergoss sich meine Lust auf die schönen Glanzpapier-Dessous. Verzweifelt beseitigte ich mein Missgeschick. Ohne Erfolg. Ob Mutter etwas bemerkte? Manchmal schaute sie ihren Bua so komisch an. Ich war mir sicher, dass sie Vater nichts erzählte.

In der Schule stierte ich dem jüngeren weiblichen Lehrpersonal ein Loch durch die biedere Kleidung. Mit halbgeschlossenen Augen stellte ich mir das Darunter vor.

Unser steinalter Musiklehrer kam eines Tages nicht mehr zum Unterrichten. Das Zeitliche und der liebe Gott hatten ihm eine andere Heimat geschenkt. Zu unserer Überraschung betrat eine junge Referendarin den Musikraum. Ihr Vorbau beeindruckte mich. Den Ausdruck benutzten die Fußballer. Andere sagten „Holz vor der Hütte". Das fand ich unpassend. Beim Holzspalten kam ich nie auf die Idee, dass diese Materie irgendwas mit Mädchen zu tun hatte. Gebannt starrte ich auf die Oberweite. Fühlte sie meine Blicke? Nervös zog sie ihr offenes, viel zu klein geratenes Wollwestle über die Rundungen. Es war zu klein. Ich war verwirrt. Meine Sinne verlangten eine Berührung. Hastig drehte sie die Knöpfe an dem auffallenden Kleidungsstück in die dafür vorgesehenen Löcher. Ein Knopf rutschte gleich wieder heraus. Der oberste Knopf, an dem sie wie wild herumnestelte, sprang ab. Der Knopf kullerte zwischen den Stühlen an mir vorbei. Blitzschnell streckte ich den linken Fuß vor, stoppte den unnötigen Busenzierer auf seiner Bahn. Ich brachte das verlorene Stück der Besitzerin zurück. Eigentlich hätte ich um Erlaubnis bitten müssen. Verlegen bedankte sie sich. Beim Näherkommen umschlangen meine Blicke die Fleischpyramiden. Sollte ich weinen, meine aufgestaute Flut in billige Tränen verwandeln?

Erwachsener, begriff ich die textiltechnischen Möglichkeiten, den weiblichen Rundungen eine optimale Form zu geben. Die ideereichen Werber verpassten der weiblichen Waffe den passenden Namen Playtex. Mein sexueller Appetit brauchte keine billigen Abbildungen mehr.

In der darauf folgenden Musikstunde war Vorsingen angesagt. Als Einziger weigerte ich mich. Meine berechtigte Ausrede – lasche Stimmbänder – erweichte die Gutgebaute nicht. Die drohende Fünf kalkulierte ich schon vorher ein. Mit der sicheren Zwei in Geschichte, der obligatorischen Eins in Reli und Sport, schaffte ich einen gerechten Ausgleich.

Bei Oma und meiner reichen Tante kassierte ich ein „Fuffzgerle" bei einer Zwei und eine ganze Deutsche Mark für die Einser. Für die schlechten Noten gab es keinen Abzug. Selbst der strenge Herr zu Hause, legte keinen Wert auf eine gute Musiknote. Er bruddelte nur bei einer Drei in einem Hauptfach.

Die Angebetene sah das anders. In Atemnähe legte sie sanft ihre grazil gewölbte Hand auf meine Schulter. Aufmunternd flötete es aus ihrem Mund: „Komm, trau es dir zu." Statt meine Stimme zu erheben, getraute sich ein anderer Körperteil eine ungebührliche Haltung einzunehmen. Es wurde so schlimm, dass ich mit dem aufgeschlagenen Musikbuch meine Erregung zu verbergen suchte. Mein Nebensitzer grinste mich verwundert an. Das Buch fiel herunter. Meine Männlichkeit verharrte in dem ungebührlichen Zustand. Erwin konnte das Lachen nicht unterdrücken. Meinem Schamschutz gefiel es auf dem Boden besser. Der Blick der Lehrerin haftete auf dem Heruntergefallenen, wanderte hoch auf das Anstößige. Die Empörte signalisierte ihr Entsetzen über die Unsittlichkeit. Abrupt drehte sie sich auf der Stelle um, stakste ohne eine Erklärung abzugeben, aus dem Klassenzimmer. Die Türe blieb offen. Niemand getraute sich hinaus.

Nach einer beängstigend langen Zeit donnerte der Herr Direktor ins Klassenzimmer. Mit Gebrüll forderte er die Schuldigen auf, ihm ins Rektorat zu folgen. Tröstlich, die Strafe gemeinsam zu ertragen. Die Tonart des Schulleiters änderte sich, als wir Sünder kreidebleich, vor seinem Schreibtisch standen. Er bot uns keinen Platz an. Der

Hauptschuldige stotterte eine saublöde Erklärung seiner Untat hervor. Der Direktor winkte ab. Das Strafmaß – eine Woche Laufbursche beim gefürchteten Hausmeister. Die Eltern wurden nicht benachrichtigt. Mit einem tiefen Seufzer bedankten sich unsere erschreckten Herzen beim „Direx". Am Schuljahreswechsel erfuhren wir, dass die appetitliche Referendarin die Tochter vom Herrn Direktor war.

Den wissenschaftlichen Fächern konnte ich nicht viel abgewinnen. Eine Ausnahme: In Biologie fieberte ich mit Schlangen-Eugen. Der Afrikakenner erzählte vom dunklen Kontinent und den faszinierenden Tieren. Die Kopfform und der Hals des Erzählers ähnelten dem Vogel Strauß. Sein Hauptinteresse galt dem biblischen Tier der Sünde. Mich beeindruckten die vielen Schlangenarten, Giftsorten und vor allem die tödliche Wirkung. Kein Wunder, dass die Bibel diesem Geschöpf so viel Bedeutung zukommen ließ! Wie die listige Schlange uns überheblichen Menschen – der Krone der Schöpfung – eine solch demütigende Lektion erteilte, alle Achtung!

Bei einem anderen Fach – Geschichte – verlor sich mein anfängliches Interesse. Der zuständige Lehrer hockte immer auf der vordersten, freigelassenen Schülerbank. Dort wollte sich sowieso keiner hinsetzen. Sein breiter Hintern füllte das Schreiboberteil aus. Die Beine weit auseinander, las der sauber Gescheitelte in der ständig gleichen Tonlage geschichtliche Fakten vor. Die Mädchen grinsten über seine sich deutlich abzeichnenden Geschlechtsteile. Er war der einzige Lehrer, der Anzug und Krawatte trug und Herr Oberstudienrat genannt werden wollte. Die einzige Abwechslung brachte der Langeweiler durch seine militärische Befragung ins Spiel. Die Zahlen kritzelten wir in die Handfläche. Der Abfrager ging alphabetisch vor. Ich kam als Dritter dran. Siegessicher posaunte ich die gewünschte Zahl heraus.

Konfirmation – Der Eintritt in die Erwachsenenwelt

Die Vorrausetzung für die Konfirmation in der Evangelischen Kirche war die einjährige Teilnahme am Zuhörerunterricht. Dann begann der eigentliche Konfirmandenunterricht. Im letzten Drittel

Konfirmation – Kann ich mich so sehen lassen?

des Jahres ging es um die Inhalte der Glaubensbekenntnisse. Einen Monat vor der Feier übten wir das auswendige Aufsagen der Texte.

Meine Umgebung bereitete mich gründlich auf das Ereignis vor. Der Ehne verkündete aus seinem lederbraunen Ohrensessel, die Konfirmation wäre ein Bündnis mit dem Herrn, einer Ehe gleichkommend. Die Auslegung vom Ehne ging so weit, dass ich überzeugt war, meinen wichtigsten Tag im Leben vor mir zu haben. Es lag eine Ernsthaftigkeit hinter allen Formen und Ritualen, die weit über den anderen Lebensabschnitten stand. Nicht mal der endgültige Abgang aus dem Jammertal kam dem gleich.

Darüber sprachen die älteren Stundenbrüder stundenlang. Nie war die Rede davon, wie das Sterbegewand aussehen sollte, oder ob rote oder weiße Nelken angebracht wären. Der Ehne verkündete zwar siegestrunken vom Heiland, der ihn in seine Arme nimmt, und dass es langsam Zeit wird, von dieser Sündenwelt Abschied zu nehmen, schlürfte aber weiterhin nach wie vor sonntags seine zwei, drei Viertele Lemberger rot. Den Braten ließ er auch nicht stehen.

Werktags lebte er bescheidener, trank zum Vesper morgens, immer zur gleichen Zeit, ein kleines Krügle Apfelmost und am Abend den besseren „Bieramoschd". „Woisch Bua, der machd schee mied", rechtfertigte er sein sündiges Verhalten. Die Hand auf der Bibel: „Dem Herr Jesus hat der Wein au gschmeggt. „Aber", sein Zeigefinger wies Richtung Himmel, „s' Rauche isch a richtige Sünd!"

Der Unbarmherzige verdammte alle seine norddeutschen Glaubensbrüder in die Hölle. Die Frommen im Norden hatten die Angewohnheit, ihren abgerauchten Stumpen am Stundenhaus auszudrücken. Womöglich qualmten die in der Bibelstunde. Das stank doch zum Himmel!

Ein anderer Stundenbruder verstieg sich zu einer mir unverständlichen Auslegung. Der Herr Christus sei ein Bräutigam für uns alle. Der Ehne meinte, das gälte eher den Mädchen und Frauen, die ihr Leben ganz dem Heiland widmeten und nicht in den Stand der Ehe träten.

Die Vorbereitungen auf die Konfirmation vollzogen alle Betroffenen gewissenhaft. Selbst mein Vater zeigte ein ungewohntes Interesse an mir. Vor allem sollte ich ordentlich aussehen. Dafür sorgte der Frisör. Auf Anweisung von Vater stutzte er meine Lockenpracht. Eine Tolle an der Stirn übersah er. Der „Schafscherer" drückte mir als Entschädigung einen Gutschein für eine kostenlose Schur in die Hand. Aus der Kehrschaufel sahen mich die abrasierten Haare an.

Den nächsten Schritt zur Verbesserung meines Äußeren – den Kauf eines „gscheiden" Anzugs – erledigte Mutter mit mir in einem ortsansässigen Kleidergeschäft. Am Eingang pendelte an einer Kette in goldenen Lettern auf schwarzem Grund ein Willkommensschild „Bekleidungsfachgeschäft". Die Familie war als besonders fromm und anständig im Dorf bekannt.

Mutter eröffnete das Kaufgespräch mit dem Hinweis: „Der muss ein paar Jahre „heba“ (halten).

Der Konfi-Anzug hielt, was Mutter sich von ihm versprochen hatte. Derselbe Schneider verlängerte ein Jahr später die Ärmel und das Hosenbein. Die dunkelblaue Farbe war „dankbar“. Das gute Stück diente bei wichtigen Familienangelegenheiten, am häufigsten beim Ableben eines Verwandten. Die Fliege, in der gleichen Farbe gehalten, trug ich gerne. Mit Krawatten freundete ich mich nicht an. Das Knoten erinnerte mich an die widerliche Art einen Menschen zu hängen.

Wegen des weißen Hemds und der Fliege brauchten wir nicht in die Stadt fahren. Das verkaufte der Laden auch. Nur Schuhe führte der „Alles für die Konfirmation“-Anbieter nicht. Den Part übernahm Vater mit mir allein. Mutter hatte ja keine Ahnung in Sachen Gehwerkzeug. Warum Vater diesen Ausdruck benützte? Wahrscheinlich vom Militär.

Vater nahm ein Paar ums andere in die Hand. Die schwarz glänzenden Schuhe, die er mir raussuchte, sahen schick aus. Weiße Nähte reihten sich wie eine Perlenschnur zwischen Sohle und Oberteil. Das Extravagante hatte seinen Preis. Die Zahl stand mit weißer Kreide auf der ockerfarbenen Sohle. Vater testete das Material. Mit dem Handballen presste er in die Mitte der Sohle eine Vertiefung hinein, die sich gleich wieder ebnete. Das Ergebnis nahm er zufrieden zur Kenntnis. Die Untersuchungen waren noch nicht abgeschlossen. Der prüfende Zeigefinger drückte auf die äußere Lederwand, mit dem Daumen rieb er in die gegenüberliegende Innenseite. Noch nicht zufrieden, schnupperte der Besorgte mit seiner Adlernase – markantes Erbgut mütterlicherseits, meine Himmelfahrtsnase kam von der anderen Seite – am glatten Leder. Mit dem rechten Nasenflügel zog er den Geruch ins Hirn hoch. Der Experte verhielt den Atem, murmelte zufrieden: „Echt Leder“.

Der Verkäufer würdigte mit einem „Siehst du“, zu mir, und einem Kopfnicken den Schuhsachverstand Vaters. Der schaute sich noch einmal den Preis auf der Schuhsohle an. Er wiegte den Schädel hin und her. Behend verwarf der Verkäufer die Bedenken: „Eine gute Anlage, die halten ein Leben lang!“ Vater nickte.

Konfirmation – Schwester und Cousine

Der Tag der Tage

Die Konfirmation, Abläufe und Rituale, hielt mein Erinnerungsvermögen ein halbes Jahrhundert wach. Äußere und innere Pflichten, im Guten wie im Schlechten, beschäftigten mein weiteres Tun. Ein Übermaß an christlich-humanistischen Gedanken sammelte sich an, wollte umgesetzt werden. Ein lebenslanger Konflikt!

Die Tage vor dem Fest waren nicht nur mit Äußerlichkeiten gefüllt. Wir übten eifrig unsere Sprüche und Glaubensbekenntnisse ein. Der Stotter-Erich musste nur einen Satz sagen. Den anderen Teil sollte ich übernehmen. Der Herr Pfarrer versuchte, uns den Sinn der Sache nahezubringen.

Meine Gedanken kreisten immer wieder um das Geschenk, das ich mir wünschte. Reicht das Geld für ein Drei-Gang-Fahrrad? Die ersten Geschenke trug Tage davor die Briefträgerin aus. Weiße Umschläge mit meinem Namen. In den Kuverts steckten Fünfmarkgutscheine für Frisör, Sparkasse, Lebensmittelladen. Davon konnte ich kein Fahrrad kaufen. Am Tag vor dem großen Ereignis lagen in einigen Umschlägen Zehnmarkscheine, im Umschlag von den Fabrikanten ein Fünfzigmarkschein. Das war Vaters Wochenverdienst.

Eigentlich verbot Mutter, die Geschenke vorher auszupacken. Bei den meisten ertastete ich den Inhalt: Taschentücher. Meine Schwester zählte die unerwünschten Teile – 34 Stück. Die mit meinem Monogramm bestickten, behielt ich.

Am Freitag setzte der Geistliche die Generalprobe an. Das Vorsagen verlief nicht fehlerfrei. Ich hatte vergessen, die Texte von Erich zu lernen.

Bei Mutter lief auch nicht alles wie geplant. Der Hefezopf wollte nicht gelingen. Was da die Nachbarn denken! Die sollten im Gegenzug zum Taschentuchgeschenk, ein Stück von dem Gebäck bekommen. Ich hätte gar nichts gegeben.

Das große Kuchenbacken begann am Samstagnachmittag. In der engen Küche werkelten noch zwei Nachbarsfrauen. Die Krönung: „Schwarzwälder Kirsch" mit richtiger Sahne und – darauf bestand Vater, mit einem Schuss Kirschwasser. Den Geruch mochte ich nicht.

Mutter buk für ihren Konfirmanden eine Nusstorte mit echter Butter und –da legte ich Wert darauf, mit Originalkaffeebohnen verziert. Die als zweitrangig eingestuften Obsttorten standen in Reserve für die Geschenknachzügler und vor allem für die Gäste als Nachhausemitbringsel.

Ich wollte Mutter beim Einpacken helfen. Dabei glitt mir die Geliermasse von den Früchten auf eine hergerichtete Wurstplatte. Ich musste lachen. Ausgerechnet auf die Lyonerpaprika mit Pistazien, eine Wurstsorte, die ich nicht mochte. In der Nacht vor dem großen Ereignis quälten schwabbelnde Kuchen und fliegende Wurstrádle meinen Schlaf. Ich stand früh auf.

Vor dem Kirchgang galt es wichtige Kleinigkeiten zu erledigen. Mutter suchte den noch nie benutzten Anzug nach Fusseln ab. Schwieriger, das Anbringen der weißen Nelke. Der Stiel, verdickt mit Silberpapier, wollte nicht durch den Schlitz am Revers passen. Also wurde er mit Hilfe von Zwirn und Stecknadeln befestigt. Dabei stach sich Mutter in die Fingerkuppe. Es dauerte seine Zeit, bis die Fliege gerade richtig saß. Bei der Schlussabnahme – Mutter lief einmal um mich herum – entdeckte die Unzufriedene eine widerspenstige Augenbraue. Mutter befeuchtete ihren Zeigefinger mit Spucke, strich die Widerborstige zum Auge hin. Eine Bemühung, die sich nicht lohnte.

Überpünktlich stellte ich mich mit meinen Mitkonfirmanden paarweise vor dem blumengeschmückten Kirchenportal zum Einmarsch auf. Das Mädchen neben mir sah in ihrem Samtkleid so erwachsen aus. Der Pfarrer schritt vorneweg. Mit beiden Händen drückte er die Bibel vor seinen wohlgerundeten Bauch. Wohlwollend nickte der Geistliche den zahlreichen Besuchern zu. Wir folgten mit gesenktem Haupt. Die Orgel spielte an meinen Ohren vorbei.

Erleichtert sank ich auf meinen Platz in der vorderen Reihe. Die Predigt, langweilig wie immer, kam mir heute kurz vor. Obwohl ich meinen Text auswendig konnte, murmelte ich das Gelernte vor mich hin. Bei dem verabredeten Zeichen schallten meine Worte, weit weg von mir, an den gekalkten Kirchenwänden zur Orgel hinauf. Beim zweiten Auftritt klang es besser. Ermutigt schmetterte ich meine Bekenntnisse den Kirchenbänklern in die Ohren. Der Schlusspart verlief gnädig. Der Segnende legte seine schwere Hand auf mein Haupt. Es war ungewohnt, aber nicht unangenehm. Die Knie drückten auf den Steinstufen. Meinen ausgesuchten Begleittext: „Herr, wohin sollen wir gehen?", nahm ich ernst.

Aufrechten Ganges schritten die neuen Gemeindemitglieder aus dem Gotteshaus in die frische Luft hinaus. Der Stadtfotograf wartete auf uns. Er hatte seine Mühe mit uns, bis wir so aufgestellt auf der Kirchhoftreppe standen, wie er es wünschte. Das Mädchen vor mir, wir Buben thronten auf der obersten Stufe, zupfte sich das bügelsteife Spitzenkrägchen zurecht, steckte den Hahnenkamm im Dutt fest, strich den Plisseerock gerade, drehte sich zu mir, deutete auf meine Fliege. Mit beiden Daumen und Zeigefinger schob ich die Schleife hin und her, bis sie mir mit einem lächelnden Nicken die Richtigkeit bestätigte.

Der Fotograf ging auf Nummer sicher. Er nahm sich jeden nochmals einzeln vor. Während der Aufnahmen schwatzten die Umherstehenden dem Akteur dazwischen. Einen Ratschlag von einem Verwandten meines Nebenstehers fand ich gemein. Er meinte, es wäre von Vorteil, seine abstehenden Ohren mit Leukoplast anzukleben. Meine Tante Olga kürte mich zum schönsten Konfirmanden weit und breit – „die blauen Augen passen so gut zum gleichfarbigen Anzug!" Onkel Willi, Besitzer einer richtigen Kamera, nicht zu vergleichen mit den billigen Fotoapparaten, musste Extrafotos von mir machen. Das Mädchen vom Ende der Straße sah so erwachsen aus. Ich kannte sie nur mit verschlissener Kittelschürze.

Die weithergereiste Verwandtschaft drängte in die Wirtschaft. Ein Verwandter um „fünf Ecken" meinte, er hätte sich nach der langen Zeremonie das Mittagessen wohl verdient. Vater ließ sich nicht lumpen. Obwohl wir das Geld dringend für wichtigere Dinge gebraucht hätten, lud er die ganze Sippe zum gemischten Braten in den Hirsch ein.

Oma konnte das Großkotzige nicht leiden: „Des muss sich s'Elsle wieder vom Mund abspare!" Zum Essen wurde Rotwein gereicht. Der Geruch widerte mich an. Mein Patenonkel spottete: „Beim Abendmahl wirsch's gwöhnt werde!"

Nach dem Essen verteilte Vater gute Zigarren. Er zeigte auf den Deckel: Echt Sumatra. Den Frauen wurde wahlweise Mocca oder Eierlikör angeboten. Ich musste mit den Männern einen Obstler trinken. Es wurde auf mich angestoßen. Hinterher war es mir übel. Zuerst brauchte ich die Toilette und dann frische Luft.

Am Gasthaus registrierte mein schwerer Kopf eine Markierung, der Hochwasserstand aus dem Jahre '50 – zwei Meter und dreißig.

Damals hatte es viele Tage geregnet. Der überschwemmte Dorfbach ergoss seine Wassermassen auf den Marktplatz und die umliegenden Gassen. Das Hochwasser stand in unserem Haus einen halben Meter über der Kellerdecke. Unsere Nachbarin, die „Schnapsdrossel", ein gerechtfertigter Spitzname, ich glaube der richtige Name war Berta, ruderte in einem Bade-Zuber, besoffen wie immer. Lautstark forderte sie von mir, Zigaretten für sie zu holen. Meine Belohnung, einen Fünfmarkschein, wies ich entrüstet zurück. Mutter verlangte, dass ich ihr stattdessen Brot bringen solle. Dafür riskierte ich mein Leben. Ein älterer Mann überlebte die Wassermassen nicht. Er wurde mitgerissen.

Das alles kam mir hoch, beim Kopfanlegen an der Mauer.

Bei Kaffee und Kuchen ging es mir wieder besser. Ich hatte noch eine Pflicht zu erfüllen. Uns Konfirmanden erwartete das Abendmahl, angesetzt auf den späten Nachmittag. Die Erinnerung an den Abschied Jesu von seinen Freunden ging mir sehr nahe.

Bevor mir der Kelch gereicht wurde, wischte mein Pfarrer mit einem weißen Tuch die Stelle ab, die mein Nachbar mit seinen Lippen berührt hatte. Widerwillig nahm ich einen kleinen Schluck. Der Geistliche runzelte die Stirn. Ich trat einen Schritt zurück. Hatte ich Wein oder Blut getrunken? Der Herr Pfarrer gab sich Mühe, uns den Vorgang richtig zu erklären. Mein Magen begriff es nicht. Das kostbare Geschenk Gottes verdarb mir den Appetit.

Ich hatte keine Freude an den reich verzierten Aufschnittplatten unserer Dorfmetzgerei, mit viel Aufwand hergerichtet. Mutter hatte zwei Platten der unteren Preisklasse bestellt. An den Ausklang der Feier erinnere ich mich nicht.

Ab diesem Tag war ich von der Pflicht entbunden, Sonntagnachmittags hinter den Eltern herzutrotten. Es gab nur eine Auflage. Nach dem Mittagessen sollten wir zur Stärkung unseres Glaubensfundaments die Christenlehre besuchen. Der Aufforderung kam ich geflissentlich nach.

Nach der einstündigen Belehrung sprang ich die Kirchenstufen hinunter auf den offenen Marktplatz. Ich war frei, konnte selber bis zum Abend über meine Freizeit entscheiden. Noch erstaunlicher, in den Ferien war es mir überlassen, Geld zu verdienen, mit was und wo immer ich wollte und das Unglaubliche, meinen Aufenthaltsort selber zu bestimmen. Einzige Bedingung: „Komm ja nicht und beklage dich über irgendwas, schon gar nicht über Geldmangel." Den hatte ich im Moment nicht. Das „Konfigeld" reichte für das ersehnte Fahrrad.

Eroberung der Umgebung

„Staiger 3-Gang-Rad" – gespeedet mit einer High-Tech-Dreigang-Schaltung, eine Steigerung gab es für einen 13-jährigen Konfirmanden in den 50er-Jahren nicht. Das Zweirad, ein entscheidender Schritt in die Unabhängigkeit, vor allem aber zur Befriedigung meiner mich quälenden Abenteuerlust, aufgestaut durch viele Seiten Karl May.

Opas Vaterland-Fahrrad, mühsam abgebettelt, dafür musste ich eine große Beige Holz spalten, lehnte ich hochmütig in den hintersten Winkel des Schuppens. Zum Abschied streichelte ich mitleidig den breiten Opasattel, nichts im Vergleich zum schnittigen Pendant, einer Novität auf dem nur die halbe Hinterbacke Platz hatte.

Unter der Bettdecke fuchtelte ich mit der Taschenlampe im Atlas herum. Aus der Europakarte sprangen Reiseträume in meinen Kopf. Namen, die nach Fernweh rochen. Blind tippte ich – der Finger landete auf den Alpen.

Zu packen gab es nicht viel. Zu fragen auch nicht. „Gugg wie de zrechtkommscht", Vater war in diesem Punkt genauso hart wie bei allen anderen Erziehungsangelegenheiten. Großzügig spendete er zwei Dosen Sauerkraut. Mutter wollte unbedingt eine Ansichtskarte von den Bergen. Weiter als zum Schwäbischen Meer hatte es ihr nie gelangt.

Von Opa staubte ich seinen geliebten grünen Leinenrucksack mit Lederriemen und Haken zum Umhängen ab. In Eile verstaute ich einen alten verschlissenen, grün-dreckigen Wehrmachtsschlafsack, zwei Karohemden, rot und blau, blau war das dickere. Obenauf olivgrüne Armeeunterwäsche, zwei blauweiße Küchentücher. In Vaters abgeschliffenes Blechgeschirr, ein Mitbringsel aus der Gefangenschaft, passten dicke Wollsocken. Das beste Kleidungsstück, ein hellblauer Popeline-Anorak, spannte ich mit Bedacht über den zugestopften Teil. Zufrieden zog ich den Oberlatz mit dem sterchen Mittelriemen zu. Die meisten Löcher in dem alten Stück ließen sich nicht durchstechen. Ich tastete nach meinen Markstücken, bei der Heuernte mühsam verdient, im unteren Hosensack. Ich glaube die Hosentaschen waren doppelt so groß wie heute, allein die Sacktücher, die meine Mutter – ohne geht man nicht aus dem Haus – mir ständig in Hosen- und Jackentaschen schob, hatten die Größe heutiger Küchentücher.

In der linken Taschenseite ein Garbenstrickle, eine Schnur, am Ende baumelten zwei Holzklötzle zum Zuziehen – ein Vorläufer vom Expander. In einer Streichholzschachtel drei Sicherheitsklammern, eine Nähnadel mit starkem Zwirn, in festes Packpapier eingewickelt meine Angelschnur mit Haken, eine Rarität. Schwer lag in der rechten Seite Opas Wengertermesser. Das Wengerter Messer ist unschlagbar!

Zum Schluss hängte ich die gerade erstandene Voigtländer Kamera, ausklappbar mit schwarzen Falten, um.

Beim Aufsteigen schlug ich die bauschigen Kniggerbogger zurück, steckte die metallenen Bundhalter drüber und los gings. Zügig überquerte ich die geliebte Alb, das Oberland mit Blick auf die grauen Riesen. Nieselregen setzte ein, hielt mich aber nicht davon ab, weiterzustrampeln. Die Parole meines Vaters im Kopf „ein richtiger Kerle hält durch", stieg ich in die Pedale.

Wer nicht durchhielt, war mein hochgelobter Popeline-Anorak. Die Nässe lief an der Innenseite herunter. Der aufkommende Nebel und die einsetzende Dämmerung verbesserten meine Stimmung nicht. Enttäuscht und müde lehnte ich mich und mein Fahrrad an einen Holzschuppen unter den weit ausladenden Dachüberhang.

Ein Bergbauer mit einem Beil in der einen Hand, mit der anderen winkend, deutete auf einen Spaltklotz. Hatte er überhaupt gegrüßt oder ich das Gebrabbel nicht verstanden? Wie selbstverständlich griff ich den nächsten Holzrugel, schlug die Axt in den Riss, fing mit der linken Hand das fallende Scheit, warf es auf die angefangene Beige, spaltete den stehengebliebenen Teil, angelte den nächsten Rugel. In kurzer Zeit schaffte ich eine anständige Menge.

Der Bergbauer nickte, wies mich ins Haus ,scheuchte die Hühner vom Tisch, wischte mit dem Ärmel die grau-weiße Hinterlassenschaft über die Tischkante, stellte krachend den Emailtopf vom Herd auf den unebenen Brettertisch, schöpfte zwei Blechteller voll bis zum Rand, ließ sich seufzend auf dem stabilsten Stuhl, die selbst zusammengenagelten Möbel wackelten alle, nieder. Ohne aufzuschauen, schaufelte der Alte die dickfettige Suppe in sich hinein. Der Beigeschmack, beißender Hühnerkot, muffige Kleidung, die säuerliche Ausdünstung des Alten, reizte meinen Magen, das Gekochte auszuspucken. Mühsam unterdrückte ich das Würgen. Der Hunger trieb es zurück. Ich schlang alles runter, bis ich satt war.

Der einsame Mann schlurfte nach Beendigung unserer Mahlzeit zum Gang hinaus, deutete auf eine winzige, hölzerne Kam-

Im Weinberg – Traubenlese – Es gibt keine schönere Arbeit.

mer, legte ein langes, graues Baumwollnachthemd auf die Bettstatt, wies mich hinein, stellte einen angeschlagenen Pottchamber an den Eingang, klopfte mir derb auf die Schulter und schloss mit einem Brummen die Tür. Selig schlief ich unter der Riesendecke ein.

In aller Herrgottsfrühe, von lautem Gepolter geweckt, versöhnt mit einem Topf heißer Milch, einem Kanten Brot und einem Stück deftigem Käse,arbeitete ich im Holzschuppen meine Unterkunft ab. Gegen Mittag war der Haufen groß genug, mein Gewissen beruhigt. Mit einem Blick auf die Berge beschloss ich weiterzuziehen, schnappte meinen Untersatz mitsamt meinen Utensilien, winkte meinem Gastgeber und radelte wie besessen die Gebirgsstraße hoch. Der Berg ruft!

Vor mir reckten sich die grauen Steinmonumente. Jetzt half auch die Dreigang-Hightech nicht weiter. Ein steiler Fußpfad führte zum Ziel. Mein kostbares Fortbewegungsmittel versteckte ich in einem

Heustadel, schnappte den Rucksack, rannte voll wilder Bergeslust den Steilhang rauf. Die Felswände zum Greifen nah! Kurze Zeit später lag ich keuchend wie ein abgehetztes Wild auf dem harten Geröll.

Mit Verwunderung blickte ich auf ein altes Weible. Auf ihrem krummen Rücken ein Kretten voller Ofenholz, zog sie langsamen Schrittes an mir vorbei. Das darf doch nicht wahr sein. Auf jeden Fall wollte ich ihr helfen. Mit ihrer knochigen Hand wehrte sie ab. Wieder spurtete ich los. Das gleiche Spiel. Der junge drahtige Sportler lehnte abgekämpft an einem Felsbrocken – die alte Frau war schon da. Im Vorbeigehen lobte sie mich: „Ja mei, du springscht ja wie a junge Gams!“ Betreten setzte ich in ihrer Gangart, Fuß um Fuß, den Weg fort.

Vor einer winzigen Berghütte warf die umsichtige Frau das Holzbündel vor die Tür, kruschtelte unter dem Dachsparren einen Schlüssel hervor, sperrte umständlich auf. Ob ich hier bleiben wolle, fragte sie nicht, deutete mit ihrer dürren Hand auf eine schmale Holzbank, wurschtelte aus dem Eck eine abgeschabte Filzdecke hervor, warf sie mir zu, fachte im wackligen Herd Feuer an, setzte Wasser auf und langte aus einem zusammengeschustertem Schränkchen Suppenwürfel raus. Fasziniert starrte ich durch die kleinen Gucklöcher auf die dunkel werdende Berglandschaft. Irgendwann bin ich dabei eingeschlafen. Im Traum durchstieg ich die mächtige Felswand, schwebte im freien Fall auf die Geröllhaufen.

Zum Trost kochte die Hüttenbesitzerin in aller Herrgottsfrühe eine süßlich wohlriechende Speise. Ohne nachzufragen, stopfte ich das unbekannte Essen in mich hinein. Der erste Morgen im Hochgebirge entlohnte mich für die Nacht auf der unbequemen Bank. Der Grundstein Berge zu erobern war gelegt.

Es geht uns gut

Wir schreiben das Jahr ’57. Die Nachkriegs-Marmor-Stein und Eisenaufbauer glaubten, für schlechte Zeiten Vorsorge treffen zu müssen.

Fast hätte ich den Beton vergessen, der doch für die Häuslesbauer unentbehrlich war. Jeden Samstag stampften Helfer aus dem Freundeskreis mit dem flüssigen Material ein Fundament für die nächsten Generationen. Dafür gönnten sich die Fleißigen am Sonntag ein neues Vergnügen. Verdient hatten sie es allemal.

Einmal im Monat marschierte die halbe Verwandtschaft gut eine Stunde bergauf, nach Manolzweiler in den Hirsch. Die Vesperwirtschaft wartete mit einer gemischten Hausmacherplatte auf. Das besondere, neben der Leber-, Grieben-, Schinken- und Blutwurst lagen kleine Scheiben Gürkle, Peterling und Tomatenrädle als Garnierung. Dafür wurde mit dem knusprigen Bauernbrot geknausert. Schaute die Bedienung weg, durfte ich mit Billigung von Vater das „Riebele" in die Kitteltasche stecken. Bestellte Vater für die Hungrigen Brot nach, schrieb die Bedienung einen Extrabetrag auf. Das hatte es früher nicht gegeben. Seit die Wirtschaft sonntags so voll war, waren die Wurstscheiben dünner. Als Ausgleich bestellte Vater nach dem ersten Mostkrug einen zweiten mit Sprudel.

Die anspruchsvollere Variante zum Hirsch, der Ochsen in Schlichten, bekannt für die Güte und Größe seiner „Göggele". Der Weg in etwa gleich weit. Die Gaststätte suchten wir dann auf, wenn unsere reiche Tante von der Hauptstadt zu uns aufs Land kam. Das war die Schwester meiner Mutter. Vater konnte sie nicht leiden. Vater hatte seine eigene Meinung über die „feine Schduagerder": „Schaffe wellet se nix, aber guat esse!"

Unsere Nachbarn fuhren nach der Kirche mit ihrem 190er auf die Alb. Der Nachbarssohn erzählte: „D'Schnitzel henget da über dr Dellerrand naus, ond der Reschd ka mr eipacke lasse!"

Vater kommentierte: „Des isch koi Konscht, wem'r Moischder beim Daimler isch, ond's Auto gscheengt kriegd."

Mutter verteidigte unsere Sparmaßnahmen beim Essen mit dem Hinweis, dass wir endlich auch ein eigenes Häusle bauen wollen. Das merkte ich an der Zahl der Wurstrădle, die es sowieso nur Sonntagabend gab.

Die Fresswelle rollte an meinem Elternhaus vorbei.

Vorbilder

Mein Interesse wanderte in einen ganz anderen Bereich. Dabei half mir mein Religionslehrer. Er zeigte uns einen Schwarz-weiß-Film über den Urwalddoktor Albert Schweitzer. Als Student hatte er es nicht einfach.

Um sich über Wasser zu halten, arbeitete er tagsüber in der Fabrik. Nachts steckte er die müden Füße ins kalte Wasser, um in wachem Zustand Bücher zu studieren. Er verzichtete auf eine glänzende, wissenschaftliche Karriere. Er wollte armen und kranken Menschen im schwarzen Erdteil helfen. Im Film strich der weiße Medizinmann mit der silbrigen Löwenmähne, den Rücken gebeugt, ausgemergelten Kindern segnend übers Krauselhaar. Ein Heiliger! Das schlichte Hospital, die eifrigen Schwestern, das greifbare Elend weckte mein Bedürfnis zu helfen. Einige Zeit hegte ich den heftigen Wunsch Missionar zu werden.

Einem anderen Vorbild nachzueifern war einfacher – Holger Helfgen, ein Marco Polo auf dem Fahrradsattel. Mein neues Idol radelte bis ins ferne Indien, ohne viel Aufsehen zu machen. Der Fahrtwind erlaubte keinen Heiligenschein auf seinem Haupte. Sein bescheidenes Auftreten imponierte mir.

Dem stillen Helden folgte ich nach. Allerdings nicht nach Indien. Die Benelux-Länder waren exotisch und weit genug für einen Fünfzehnjährigen. Mehr erlaubte Vater nicht.

Das erste Hindernis – ein kräftiger Gegenwind in der unwirtlichen Eifel. Der hässliche Widerstand zersetzte meine Beinkraft. Auf geht's, reiß dich am Riemen! Ich dachte an Vater. Dem werde ich's schon zeigen! Die letzten Reserven mobilisiert, die Kaiserstadt Aachen will erobert sein. Ich schenkte der interessanten Stadt einen ganzen Tag. Steinlöwen bewachten das Grabmonument Karl des Großen. Ich kam mir klein vor.

Um so flotter bewältigte mein Fahrrad die ungewohnt gerade Strecke nach Holland an einem Tag. Wie gewohnt spähte ich nach einem Hof, um Quartier zu machen. In Gedanken verglich ich Opas Anwesen mit den Äckern und Wiesen um mich herum. Im Tal eine

Grünfutterwiese, am Hang verteilt drei Streuobstwiesen, auf der Ebene zwei Fruchtäcker und sein ganzer Stolz, auf bestem Boden, der Mohnacker. In der Fläche vor mir verschwand Großvaters Besitz. Da passte Opas Höfle ein paar Mal hinein!

An der Hoffeinfahrt bellten, an einer Eisenkette angeleint, hin- und her rasende Ungeheuer. Ein Rollendraht stoppte die Hunde kurz vor dem Tor. Der Bauer stand in der Eingangstüre. Groß, der Kopf kantig, eingerahmt von fleckigen Fleischrundungen, dazwischen weiß-rote Schweinsäuglein, die mich von oben bis unten nach Verdächtigem absuchten und an meinen Schultern hängenblieben. Gefiel ihm meine weiße Lilie auf lila Grund, mein christliches Jungenschaftsabzeichen, nicht? Mit der linken Hand fuchtelte er in Richtung Straße, mit dem rechten Zeigefinger auf die knurrenden Fleischfresser. Der Herr der Scholle demonstrierte mit unverständlich lauten Worten, dass ich hier nicht willkommen wäre. Das war mir noch nie passiert! Ob so viel Grobheit schwang ich mich kleinmütig aufs Fahrrad. In der einbrechenden Dunkelheit entdeckte ich einen unbewohnten Schuppen – meine Bleibe für die Nacht.

Am Morgen radelte ich weg aus der ungastlichen Gegend, in die Hafenstadt Rotterdam. Fasziniert bewunderte ich die hochhaushohen Verladekräne. Weit draußen schaukelten Ozeandampfer, ein bisschen größer als meine Bodenseeschiffchen. Wollte ich nicht schon ein ums andere Mal mit so einem Kahn abhauen? Was mich davon abhielt? Mutters betrübtes Gesicht.

Das Hafenviertel durchzogen fremde Gerüche. Die Gaststätten laut und bunt. Dazwischen kleine Läden, zugepackt mit geöffneten Säcken voller Gewürze. Es roch so fremd und intensiv. Ich musste mir die Nase zuhalten.

Mutter würzte so gut wie gar nicht, sogar mit dem Salz, das doch gar nicht teuer war, geizte sie. Die Stuttgarter Tante Olga meinte „spitz", die Else koche schon immer zu „lais". Beschwerten wir Kinder uns, spritzte die Besorgte ein paar Tropfen Maggi in die Nudelsuppe. Das kostbare Produkt versteckte sie ganz hinten auf dem Küchenbüffet. In einem unbemerkten Augenblick stieg ich schnell auf den Küchenstuhl. Mein ausgestreckter Arm reichte gerade noch in die dunkle Ecke. Gierig setzte ich das Vierkantfläschchen mit dem langen Hals an den Mund. Aus dem engen Ausguss schnullerte ich tropfenweise die dunkelflüssige Gewürzmischung in den Schlund. Es wurde mir ziemlich schlecht im Magen. Von nun an war ich von der Maggisucht befreit.

Mein Hungergefühl ließ mich an einem der asiatischen Lokale stoppen. Am Eingang winkte ein breit grinsendes Gesicht mit einer Speisekarte in der Hand. Seine halbgeschlossenen Augen sahen aus, wie Opas Augen, wenn er von seinen Bienen kam. Verwegen beschloss ich, ein paar Gulden von meinem Ersparten, für das unbekannte Essen zu riskieren. Mit der verschnörkelten Speisekarte konnte ich nicht viel anfangen. Ich tippte auf die Nummer fünf, dahinter stand ein Geldbetrag, der mir gefiel. Die fremdartige Speise, ein Nudelgericht, schmeckte interessant. Meinen Appetit honorierte der Wirt mit Singsangstimme und einem gehörigen Nachschlag

In der Hauptstadt Amsterdam passierte nichts Aufregendes. Von Drogen war keine Rede. Schöne Gebäude, die Grachten – alles gediegen. Zufällig streifte ich durchs Diamantenviertel. Durch ein kleines Fenster beobachtete ich ein altes Männlein mit einer Lupe vor dem Auge. Er sah zu mir auf, winkte mich herein und erklärte mir in einem eigenartigen Deutsch sein Tun. Ich wusste wohl, dass die Steinchen wertvoll waren, konnte aber den wirklichen Preis nicht begreifen.

Meine Wertvorstellungen hatte ich von Opa übernommen. Für ihn hatte ein alter, dicker Eichenstamm seinen Wert. Von papierenen Zahlen hielt er nicht viel.

Ich erstand zwei Päckchen Kaffee zu einem günstigen Preis. Guter Kaffee war für Mutter etwas Besonderes. Mein Reisegeld war so gut wie aufgebraucht. Es reichte noch für Brot und Teebeutel.

An der Grenze stoppte mich ein Zöllner und fragte nach Zigaretten. Ausgerechnet mich, den überzeugten Nichtraucher. Er ließ mich meine Satteltaschen auspacken. Die Kaffeedosen unter der Schmutzwäsche kullerten auf den Boden. Eine gab er mir zurück. Für die andere verlangte er Zoll. Wütend schnappte ich die zweite Dose und erklärte entrüstet: „Das ist ein Geschenk für meine Mutter!" Ich schnappte mein Mitbringsel, stopfte die Dose zurück in die Satteltasche und fuhr los. Es fiel kein Wort und auch kein Schuss. Davon erzählte ich weder meinen Kumpels, geschweige denn meinen Eltern. Aufschneiderei war verpönt. Ein bisschen stolz war Mutter schon.

Am Sonntagnachmittag beim Servieren des kostbaren Getränks erzählte sie dem Besuch von meinem Mitbringsel aus Holland. Sogar Vater lobte mich. Das tat er äußerst selten. Sonst wurde meine Backe nur rot, wenn ich eine Ohrfeige bekam. Mutter belohnte meine Tat. Zum ersten Mal schenkte sie mir eine richtige Tasse Bohnenkaffee ein.

Meine Zelluloidwelt

Alle Jungs verdienten als Stift ein Geld, von dem ich nur träumen konnte. Das Träumen verlagerte ich ins Dorfkino. Das nötige Eintrittsgeld ins Filmparadies verdiente ich auf dem Acker.

Der Nachbarbauer wunderte sich über meine Freude an der Landwirtschaft. Die Arbeit auf dem Rübenfeld gefiel mir. Ich packte das Winterfutter mit der linken Hand am grünen Blätterschopf, riss die rote Frucht aus dem lehmigen Boden, mit der Rechten kappte ich mit einem langen Messer das Grünfutter. Mit einem kurzen Schwung aus dem Handgelenk schleuderte ich die enthauptete Frucht auf den Wagen. Vom Hackmesser tropfte gelblicher Saft auf den Boden.

Sonntagnachmittag gehörte dem Dorfkino. Der Flachdachbau stand links vom Bahnhof. Einige Treppenstufen führten zum breiten, verglasten Eingang. Einige Male schaute ich Wildwestfilme an.Die Filme wurden langweilig. Immer dasselbe Schema – die Guten und die Banditen.

Der Übergang in ein anderes Genre fiel mir leicht – Heimatfilme. Ein Film hatte es mir besonders angetan.Der Titel – die Geierwally. Der Höhepunkt im Filmgeschehen: Die schöne Maid kletterte auf einer Leiter zu einem Adlerhorst, hoch oben im Fels. Mehrere Leitern mussten zusammengebunden werden, um den kirchturmhohen Horst zu erreichen. Vor Aufregung schwitzte ich an den Händen. Die Leitern schaukelten. Das goldene Kreuz an ihrem Hals blinkte in der Sonne. Mit letzter Kraft rettete die Heldin das hilflose Adlerjungen. Kalkiger Mist fiel aus dem Nest und verbrannte die Hornhaut der tapferen Geierwally.

Die Vorstellungen waren gut besucht. Einmal gab es einen Kassenschlager. Ich stand eine halbe Stunde vor Beginn in der Warteschlange. Kurz vor Beginn erreichte ich die Kasse. Die Platzanweiserin meldete: „Noch fünf freie Plätze." Ich zählte die Köpfe vor mir. Ich war dabei. Es musste reichen. Hinter mir drängelte ein älterer Bursche vor, schob mich zur Seite. Er war einen Kopf größer. Ich holte mit der Faust aus, traf seine Nase. Er blutete stark. Der Kinobesitzer wurde gerufen. Auf den Film musste ich verzichten.

Die Zeit der Heimatfilme ging zu Ende. Musikfilme mit viel Getanze hüpften über die Leinwand. Die Namen der Schlagerstars klangen blumig, die Töne schmalzig. Den Textinhalt konnte jeder begreifen. Das neue Genre versetzte mich in eine momentane, himmelimmerblaue Dauerfröhlichkeit.„ Alles locker vom Hocker!", die neue Devise. Das Leben eine schöne Melodie! Es dauerte gut ein Jahr, bis ich der Schlagermusik überdrüssig wurde.

Genau beim Erreichen der begehrten Altersgrenze – 16 – lockte an der handverdreckten Glastüre vom Kino ein Filmplakat mit einer nackten Frau aus Schweden. Den Filmtitel, „Sie tanzte nur einen Sommer", und den Namen der Schauspielerin ‚Ulla Jacobsen, bewahrte mein Gedächtnis über Jahrzehnte.

Ich kam zu spät.„Ausverkauft!" Die Reklame hatte alle Dorfkerle hergelockt. Ich bettelte bei der Kassiererin. Sie erbarmte sich meiner und wies mir einen Platz gleich auf einem Treppchen hinter dem Samtvorhang an der Einlasstüre zu.

Meine erste Filmnackte huschte eingehüllt vom nordischen Nebel in den See. Ich sah von der Unbekleideten nicht das, was ich erhofft hatte. Die Szene dauerte ein paar Sekunden.

Tipps für „gute Filme" gab uns mein Schulpfarrer. Er bezog seine Informationen von der Evangelischen Filmstelle. Die wöchentlich laufenden Streifen wurden bewertet. Ohne Probleme könnten wir Filme mit dem Hinweis „sehr empfehlenswert" anschauen. Er zeigte uns zum Thema Sexualität und Partnerschaft einen Film mit dem Titel „Phoebe".

Kritisches Denken

Unser Pfarrer diskutierte mit uns, über viele Themen. Er war der erste, bei dem man offen und frei reden durfte. Wir lernten Argumente sammeln. Ich nahm mir vor, mich in die Gedankenwelt anderer hineinzuversetzen. Er erlaubte uns eigene Themen auszuwählen, ein Referat darüber zu halten und dabei selber Diskussionsleiter zu sein.

Mein Vortrag beschäftigte sich mit der Rassendiskriminierung. Mein erster Ausflug in die Welt der Ungerechtigkeit. Ich beendete mein Referat mit einem Satz vom Ehne: „Uff dere Welt gibt's koi Gerechtigkeit!"

Berufsfindung

Ich fand eine Möglichkeit den hohen Ansprüchen der Bergpredigt auszuweichen und flüchtete in die Natur. Es gab genug Ecken, um allein mit mir, den Waldwiesen und der Tierwelt zu sein. Mein bevorzugter Platz, ein Hochstand. Es gab kein Schild – Betreten verboten! Ich träumte mich in meine Tier- und Försterbücher hinein. Ich kannte die Zahl der Rehe, wusste wo der Dachsbau war und sinnierte auf dem Waldteppich über ein harmonisches Zusammensein zwischen Tier und Mensch. Eine Welt ohne Gewissenskonflikte, keine unerfüllbaren Gebote. Mein Forsthaus lag weit genug weg vom Alltagsdasein. Strolchi, der Hund, tobte mit einer großen Zahl Kinder in der Sonne und die blonde Försterin winkte dem Grünrock zu.

Es gab eine Hürde zu überwinden und Vater meinte, ich brauche erst gar keinen Anlauf, zu nehmen. Die Försterlaufbahn begann mit einem Fragebogen-Test, den ich bestand. Bei der praktischen Prüfung klappte es nicht. Es sah so einfach aus. Kisten zusammennageln! Mit meinen zwei linken Händen schaffte ich kein „grades" Kistle. Die anderen Aufgaben probierte ich nicht mehr.

Am meisten ärgerte mich, dass Vater recht hatte. Außer mit Rechen und Gabel arbeitete ich nicht mit handwerklichen Geräten. Vater hatte vergessen, mich in praktische Tätigkeiten einzuweisen. Er bestellte immer Handwerker.

Vater meinte, das Wirtschaftsgymnasium in Stuttgart wäre genau das Richtige, um einem Träumer wie mir, die Flausen auszutreiben. „Da gibts richtige Fächer fürs Leben: Buchhaltung, Maschinenschreiben und Stenografie." Die Schule war umständlich zu erreichen. Ich fuhr frühmorgens mit dem Zug von Winterbach eine Stunde lang bis zum Hauptbahnhof und von dort mit der Strassenbahn bis zur Haltestelle Feuersee. Das dauerte noch mal eine halbe Stunde. Mir gefiel es dort überhaupt nicht. Vater war empört über mein schlechtes Halbjahreszeugnis. Die Zahl 5 kam am häufigsten vor.

Die Lehre

Vater ergriff eine neue Maßnahme zur Disziplinierung seines uneinsichtigen Sohnes: eine kaufmännische Lehre in der Landeshauptstadt, in einem gutgehenden Radiogeschäft am Anfang der Königstraße.

Ich kannte das Ende der großen Einkaufsstraße. Dort besuchte ich einmal in der Woche das Filmkunststudio.

Das Geschäft lag in der Nähe des Hauptbahnhofs. Davon profitierte die Ladenkasse des Inhabers. Die Hauptkäufer waren amerikanische Besatzungssoldaten. Die günstige Dollarwährung förderte die Kauflust der GI's.

Mein Arbeitsbereich lag über dem Laden. In den niederen Büroräumen wurde ständig geraucht. Wollte das Landkind frische Stadtluft herein lassen, schnauzten mich finster blickende Kuvertgesichter an. Meine Unlust dokumentierte ich beim Sortieren und Einordnen von Belegen. Dafür brauchte ich wohl zu lange. Ich schob die Papiere widerwillig in ihre Ordnung.

Der brillenbehörnte Büroleiter war ein Kakteen-Fan. Damit konnte ich ihn ganz gut ablenken. Sein fahles Bürogesicht tauchte aus dem Rauch auf. Er streckte die Arme vor, malte im Aufstehen mit seinen papierenen Händen wie die Königin der Nacht aufblühte. Genau um Mitternacht! Sein Gesicht strahlte blütenrot. Die Schilderung dauerte länger als der glückliche Vorgang selber. Die Langeweile wich der andächtigen Schilderung eines Naturwunders. Ich nutzte die Gunst der Stunde und erzählte von meinem Drang nach draußen.

Der Blumenfreund verschaffte mir eine neue Bestimmung – Laufbursche und Geldtransporteur. Mein braves Äußeres ließ die damaligen Straßenräuber nicht ahnen, was ich in meiner abgegriffenen Schultasche verbarg.

Der reich gewordene Ladenbesitzer war der schwäbischen Eigenart, Geld zu sparen, ganz abgeneigt. Er steckte hohe Summen in sein neues Hobby – Boxsport. Die Preisgelder für die schwarzen Boxchampions aus Übersee deckten die Einnahmen nicht ab. Die GI-Dollars wanderten wieder zurück in ihr Heimatland.

Mit Hilfe der Straßenbahn beförderte ich Geldbündel von einer Bank in der Innenstadt zu einem anderen Institut am Stadtrandgebiet. In der Woche darauf übergab ich nur noch Umschläge. Darin waren Wechsel. Die Bedeutung kannte ich nicht.

In der Zeitung schrieb man, wieder eine Woche später, von gefälschten Wechseln und unseriösen Geschäften. Der Chef muss sehr verzweifelt gewesen sein. Mit seinem schnittigen Silbercabrio durchbrach er das stabile Brückengeländer über der Autobahn. Ein viel zu frühes Ende für das Auto und den Besitzer. Das schnelle Ende meiner Bürokarriere nahm ich dankbar an.

Eine bequeme Reise

„Wieso bist du schon da?", fragte ich verwundert meinen Freund Peter.

„Ja, stell dir vor, ich habe mich einfach an die Straße gestellt, den Daumen raus, ein Laster hielt an. Der nette LkW-Fahrer fuhr mich bis vor die Haustüre. Das Geld von der Tante für den Bus gebe ich fürs Kino aus." Peter verbuchte wieder einen Punkt für sich. Mich hatte noch keiner mit einem Auto mitgenommen.

In unserem Dorf war der Herr Bürgermeister stolzer Besitzer eines VW-Käfers. Mein Vater verfügte leider nicht über die nötigen Mittel. Die besaß der einzige Fabrikant. Der konnte sich ein richtiges Automobil leisten – einen Daimler.

Unserem Dorfpfarrer verweigerte der Kirchengemeinderat eine Benzinkutsche. Schließlich könne er, wie seither auch, seine Schäfchen mit dem Fahrrad hüten. Meine Mutter widersprach dieser Entscheidung. Das wäre ein falscher Neid und der liebe Gott hätte sicher nichts gegen den Fortschritt, zumal der Herr Pfarrer dadurch viel mehr Zeit für seine Aufgaben hätte.

In unserem Dorf lag unter der Klosterkirche, in der Krypta auf einem Sandsteinaltar, das Haupt Johannes des Täufers. Das war ein Geschenk der stolzen Kreuzritter an den Abt des Klosters.

Das kostbare Mitbringsel beschäftigte mich. Im Ausdenken von Mutproben kannte ich keine Grenzen. Um die Sache mit Peter wieder wettzumachen, schlug ich vor, das heilige Haupt zu berühren. Wer es auch noch wagen würde, den blutigen Kopf umzudrehen, hätte gewonnen. Niemand, außer uns, befand sich in dem muffigen Gewölbe. Traurig blickte mich der Märtyrer mit seinen schwarzen Schmerzensaugen an. Peter entfernte sich Richtung Kellertreppe. Betroffen drehte ich mich zur Seite. Ich schob meine linke Hand unter das Haupt, hob das kostbare Mitbringsel aus dem Heiligen Land hoch. Statt Blutspuren, bröselte Holzstaub durch meine Finger. Enttäuscht schlichen wir ans Tageslicht.

Vor Peter stand ich auf jeden Fall wieder besser da. Jetzt hatte ich die besseren Karten. Ich wollte weiterkommen, als er. Am ersten Tag der Pfingstferien stand ich an der B 10. In meiner kurzen Lederhose, dem grünen Jungenschaftshemd, bestickt mit einem weißen Lilienemblem, den blauen Augen und den braunen Locken unter dem christlichen Barett sah ich aus wie ein Streiter für den Herrn.

Ich wartete keine Viertelstunde. Ein großer Wagen stoppte. Der Fahrer beugte sich auf meine Seite rüber, kurbelte das Seitenfenster runter, fragte mich, ob ich mit wolle und öffnete einladend die Tür. Ohne eine Antwort abzugeben, stieg ich ein, bugsierte meinen Stoffrucksack auf den freien Rücksitz.

Während der Fahrt zur Autobahn, Richtung Süden, informierte mich der Mann über seine Reise. Er stamme aus Frankfurt und wäre in Geschäften nach Wien unterwegs. Auf der Autobahn fuhr er sehr rasant. Die Geschwindigkeit ängstigte mich.

Hinter der Grenze legte er eine Pause ein. In einer Raststätte verwöhnte er mich mit Kuchen, Kakao und Sahne. Sattgegessen setzten wir die Fahrt fort. Entspannt lehnte ich mich in den bequemen Sitz zurück und schloss die Augen.

Im Halbschlaf prahlte ich vor Peter wie gut ich vorankam. Eine ungewohnte Berührung schreckte mich auf. Die Hand meines Nebensitzers lag auf meiner hirschledernen Hose. Mein Gönner bemerkte:„ Eine schöne Hos hast." Er strich langsam über meine nackten Schenkel, „ond die sahn au schöön!", kehrte wieder zurück an den Hosenlatz, nestelte an den harten Hornknöpfen rum. Die brachte selbst ich nur mühsam durch die sterchen Löcher.

Ich öffnete nie den Hosenschlitz. Einfachheitshalber zog ich die Hosenträger mit dem ovalen Perlmutt-Brustteil, verziert mit dem röhrenden König der Wälder, mit dem rechten und linken Daumen über die Schulter zur Seite.

Der dichte Verkehr zwang den Fahrer beide Hände an das Lenkrad zu legen. Starr und gebannt verfolgte ich das Geschehen. Ich begriff nichts. Meine fromme Mutter hatte mich auf „so etwas", nicht vorbereitet. Einmal sah ich sie im Unterrock ins Bad huschen. Dabei schämten wir uns beide.

Ohne etwas zu sagen, fuhr der Rumnestler weiter in die Nacht hinein. Mir wurde übel vom Zigarettenqualm, vom vielen Kuchen und von seinen Händen. Verzweifelt kämpfte ich gegen den Brechreiz an. Ohne zu fragen, öffnete ich das Fenster. Hastig zog ich die frische Luft ein. Das half gegen die aufkommende Müdigkeit, die ich mühsam bekämpfte. Zwischendurch biss ich in den Handrücken, um wach zu bleiben und weitere Annäherungsversuche abwehren zu können. Meine Müdigkeit und der Mageninhalt flogen aus dem Fenster. Es passierte nichts mehr. Irgendwann muss ich doch eingeschlafen sein.

Ein Ruck weckte mich. Der Geschäftsmann forderte mich auf mitzukommen. Schläfrig stieg ich aus und lief ihm, beinahe ohnmächtig vor Müdigkeit, in seine Wohnung hinterher. Er deutete auf ein Bett. Ich schlief sofort ein.

Ein ungewohnter Geruch weckte mich. Ein Gemisch aus Alkohol, Zigaretten und männlicher Ausdünstung stieg mir in die Nase. Seine feuchte Hand strich über meinen Unterleib. Hellwach, schlug ich die Patschhand zurück, rannte auf den Flur, von dort ins Klo und schloss mich ein. Das Klopfen und Betteln beantwortete ich nicht. Durchs Fenster abzuhauen, schloss ich aus. Meine Sachen lagen im Gang. Ungefähr eine Stunde später, es war ganz ruhig, drehte ich vorsichtig den Schlüssel rum, spickte raus, schlich über den Flur, schnappte meinen Rucksack.

Wie benommen stand ich auf der menschenleeren Straße. Bis in den Morgen hinein lief ich dem Schild –Bahnhof – nach.

Die Bahnhofshalle, dimensioniert wie eine Kathedrale, beherbergte Schlafbedürftige. Erleichtert legte ich mich auf eine leere, eiserne Bank. Mein Kopf lag an den Socken meines Banknachbarn. Den Geruch des Schnarchenden empfand ich angenehmer als den meines Peinigers.

Wachgerüttelt von der Hand eines Uniformierten, streunte ich erneut durch die Stadt, auf der Suche nach einer Jugendherberge.

Beim Umherstreifen entdeckte ich ein ruhiges Plätzchen in einem riesigen alten Park. Auf dem weichen Grasboden pennte ich selig ein. Der harte Stock eines Parkwächters auf meinem Rücken weckte mich unsanft. Zur Belohnung erstrahlte in der Morgensonne das kaiserliche Schloss am Ende der Anlage. Die Besichtigung war kostenlos. Die Stadt blieb mir in angenehmer Erinnerung. Die außerhalb Wiens gelegene „JUHE“ war ein idealer Ort für meinen Zustand.

Tatendurstig, stand ich am Morgen nach einem ordentlichen Fußmarsch, an der Autobahnauffahrt nach Italien. Kaum hatte ich Zeit, die gelernte Tramperposition einzunehmen, stoppte ein Wagen. Eine fein gekleidete Dame mit Hütchen kurbelte ihr Beifahrerfenster herunter, lud mich zur Mitfahrt ein. Mit eleganter Handbewegung zeigte sie auf den Rücksitz. Dankbar nahm ich Platz. Der Chauffeur, erkenntlich an Mütze und Jacke im gleichen Farbton, nickte mir im Rückspiegel wohlwollend zu. Nach einem Wink der Chefin rollte das komfortable Gefährt an. Die Fahrweise so angenehm wie das Parfüm der Dame.

Mit heller, unbekümmerter Stimme plauderte die Frau über dies und jenes. Nebenbei gab sie ihre Identität preis – Generalkonsulin ihres Vaterlandes Österreich in Jugoslawien. Für mich war sie „Sissy", betörend, unkompliziert, unnahbar. Das Tagesziel heute liege in der Nähe von Graz und morgen Triest. Übernachten würde sie in ihrem Wochenendhaus in den Bergen und ich wäre eingeladen. Freudig nahm ich das Angebot an. Beim Anblick der schönen Frau verwarf ich die dunklen Erinnerungen an die Horrornacht.

Die Wohnküche, groß wie unsere elterliche Wohnung. Ein Kühlmonster, voluminös wie eine Besenkammer. In der Küche ein Telefon, weiß, wie am Swimming-Pool der oberen Zehntausend. Wir hatten nicht mal ein schwarzes. Aus dem Eisschrank zauberte meine Fee Wurst und Käsesorten, die ich nicht kannte, die aber um so besser schmeckten. Dabei entschuldigte sie sich auch noch, dass es nichts Warmes gäbe. Ihre Köchin hätte frei. Meine Gastgeberin schmunzelte, wie viele der Köstlichkeiten in meinem Magen verschwanden. Amüsiert erklärte sie die Namen und Herstellung der Delikatessen. Die Krönung, eine Süßspeise, bereiteten die Feenhände selber zu.

Ungern verließ ich das Paradies. Am Morgen, bei der Fahrt zur Autobahn, überlegte ich angestrengt, wie ich mich verabschieden sollte. Bei „Sissy" beugte sich der Herr tief über die mit dem Handrücken nach oben vorgestreckte Hand der Dame. Dabei spitzt der Verehrer die Lippen. Ein Schmatz wäre ein Malheur, ein unmerklicher Kusshauch auf die zarte Haut angebracht. Eine Geste der Verehrung nahm ich mir vor. Beim Abschiednehmen brachte ich, außer roten Backen, nur ein verlegenes „Dankeschön"zu Wege. Die Verehrungswürdige lächelte milde. Sanft strich sie über meine Locken und wünschte mir alles Gute. Beim Einsteigen rief sie mir noch ein „Servus!" nach.

Vor mir, an der Autobahnauffahrt, lungerte ein Pulk Tramper herum. Mit so viel Konkurrenz hatte ich nicht gerechnet. Selbstbewusst marschierte ich an ihnen vorbei, direkt an die Einfädelspur.

Die ernsthaftesten Bewerber, ein Rudel schöner Mädchen, waren schon weg. Eine Neue mit dicken blonden Haaren tauchte auf. Großzügig bot ich ihr von meinen reichhaltig belegten Broten, die ich von der Dame als Wegzehrung mitbekommen hatte, eine Schnitte an. Eigentlich war meine Absicht klar. Ich getraute mich nicht, sie direkt zu fragen.

Mit meinem Vesper in der Hand, positionierte sich die Mutige am Straßenrand. Mich winkte sie hinter den Straßengraben zurück. Reifen quietschten. Ein Tankzug stoppte. Das Mädchen kletterte das steile Eisentreppchen hoch. Von dort aus winkte sie mir zu. Beim Einsteigen streifte mein Blick die blaue Aufschrift „Latte".

Wieder ein Aufenthalt an der Grenze. Die Mittramperin stieg aus. Die Milchkarre durchquerte die italienischen Alpen und dann die Po-Ebene.

Spät abends erreichten wir den Bestimmungsort, die durstige Milchzentrale der Metropole Milano, weit außerhalb des Zentrums. Hier fuhren nachts keine öffentlichen Verkehrsmittel! Eine kleine Ewigkeit verging, bis mich ein Barmherziger in der Nähe der „JUHE" absetzte.

Die Billig-Unterkunft lag in einem großen Park, von hohen Mauern umgeben. So schnell ich konnte, umrundete ich das weitläufige Areal, um noch rechtzeitig eingelassen zu werden. Alles war zu. Gedankenverloren schlich ich am Park entlang. Unbemerkt war mir im Schritttempo ein Fiat gefolgt. Der Beifahrer winkte mich heran. Mit einer energischen Handbewegung wehrte ich das Angebot ab. Ein Dritter sprang raus, zog mich an meinem Rucksack Richtung Autotür. Instinktiv schlug ich ruckartig nach hinten, ihm mitten ins Gesicht. Endlich konnte ich meinen Bewegungsdrang nützlich einsetzen. Ich rannte auch noch, als gar kein Verfolger mehr da war. Beim Verschnaufen entdeckte ich, blau blinkend, eine Leuchtschrift – POLIZIA –. Meine Rettung ?

Ein gemütlicher Carabinieri kauderwelschte in einem angenehmen Singsang. Wir wussten beide nicht um was es ging. Aus dem Hinterzimmer trat belustigt der Commissario. In Italo-Englisch redete er beschwichtigend auf mich ein. Das Ergebnis beruhigte die verschiedenen Mentalitäten. Von einem seiner Untergebenen begleitet, suchten wir ein nahe gelegenes „Albergo" auf. Die rundliche Portiersfrau wies mir ein kleines Zimmer zu und stellte sogar noch einen kleinen Imbiss auf den wackeligen Tisch.

Am Morgen, beim Verlassen der netten Übernachtungsstätte, versperrte mir die gastfreundliche Wirtin den Weg. Mit dem Zeigefinger rieb die voluminöse Signora am Daumen. Aus dem weit geöffneten Mund wiederholte sie papagaienhaft: „Moneta –moneta!" Es gab kein Vorbeikommen! Ich verstand die Welt nicht mehr.

Die resolute Mama rechnete nicht mit meinem schwäbischen Charakter. Der ließ sich so eine Ungerechtigkeit nicht gefallen. Die italienisch-schwäbische Wortschlacht weckte andere Gäste. Heftig gestikulierend, unverständliche Verwünschungen ausstoßend, drückte die leibhaftige Furie mich mit ihrer wogenden, weiblichen Masse hinaus. Das empfand ich nicht als unangenehm.

Wieder zu Hause glaubte Peter meinen Erzählungen nicht.

Alle helfen mit

Meine erste Liebe

Meine Chancen bei den Mädchen standen nicht schlecht. Ich sah gut aus, das redeten mir meine Tanten ein, besuchte die Oberschule und war als netter Junge bekannt.

Unser Dorffreibad, ausgestattet mit allem was dazu gehört, Sprungbrett, Umkleidekabinen für die Mädchen und einer Liegewiese, war der beliebteste Treffpunkt der Jugend. Das Wasser nicht beheizt, gerade richtig für meinen überhitzten Jungenkörper.

Mutter schenkte mir ein großes Badetuch. „Pass ja gut auf, das ist aus Frottee!" Das Geschenk erfüllte zwei besondere Funktionen. Ich konnte mich umziehen, ohne die Kabine zu benützen und bequem auf die Wiese liegen.

Auf der Liegewiese gab es viel zu sehen. Mein Badetuch getraute sich in die Nähe der Mädchenecke. Ein Mädchen hängte einen blauen Badeanzug zum Trocknen über den Zaun. Das Mädchen hatte sich umgezogen. Sie war die Erste, die einen Bikini trug und sah recht gut darin aus. Ihr Blick war nicht unverschämt und doch offen.

Die hochgesteckte Frisur, in dem Nest hätte ein Vogelpärchen Platz genug gehabt, rundete das Bild von einem selbstbewussten Mädchen ab. Wollte ich in ihrem Nest landen, bedurfte es einiger Anstrengung.

Wir freundeten uns an. Auf unseren täglichen gemeinsamen Spaziergängen, nachmittags nach der Schule, erzählte ich oft von meinen Büchern, die ich las. Ich hatte einen Bildungsvorsprung und den Drang mein Wissen weiterzugeben. Außerdem war ich ein gutes Jahr älter. Es gab aber Situationen, in denen mir diese Vorteile nichts nützten, zum Beispiel konnte ich mich nicht so leicht durchsetzen wie ich dachte.

Meine Freundin legte die Spielregeln fest, denen ich mich wohl oder übel beugen musste.

Bei allen Unternehmungen zuerst fragen, ob es ihr recht wäre.

Meine Anliegen zurückstellen und überlegen, könnte ihr das gefallen.

Die biologischen Gegebenheiten kennen und berücksichtigen. Zum Beispiel die monatliche Periode!

Vom Letzteren hatte ich keine Ahnung. Weder meine Mutter noch meine Schwester machten in meinem Beisein auch nur eine Andeutung über die Monatsblutungen.

An einem Sonntagmorgen, das wunderschöne Wetter lud zum Wandern ein, klingelte ich an der Haustüre meiner Freundin. Ich läutete einige Zeit, bis die Frau Mama das Fenster öffnete und mich mit einem „Heute kann sie nicht mit!" begrüßte. Auf meine Frage „Warum nicht?", schaute sie mich lange an und verstand nicht, warum ich nichts begreife.

Am meisten verunsicherten mich die unterschiedlichen Stimmungslagen. Mal war sie ausgesprochen lieb, mal zurückhaltend und am schlimmsten für mich, wenn sie sich ganz zurückziehen wollte.

Meine erste Liebe war ein Flüchtlingsmädchen. Die Mutter eine Kriegerwitwe, hatte ihrem Erwin, einem gefallenen Panzerleutnant, ewige Treue versprochen. Die Großeltern meiner Freundin stammten aus einer deutschsprechenden Kleinstadt in Böhmen-Mähren. Die Familie lebte in bescheidenem Wohlstand. Im Vergleich zu meinen schwäbischen Verhältnissen, im Überfluss. Die Vertriebenenfamilie kochte an normalen Werktagen Sachen, die es bei mir zu Hause nur sonntags gab.

Mein Magen gewöhnte sich schnell an die faustgroßen Semmelknödel und den knusprigen Schweinebraten. Zum Kaffee Mohnstritzel und damit's besser „runtergeht" eine Schüssel Sahne. Mutters trockener Marmorkuchen konnte damit nicht konkurrieren. Da war ja auch keine Butter drin.

Unbestreitbarer Höhepunkt – werktags – Marillenknödel mit geschmelzter Butter.

Der Opa vermisste zum Essen sein Bier. In der Heimat hatte Hilde, meine spätere Schwiegermutter, jeden Tag das dunkelschäumende Gebräu in einem Krug aus der nächsten Wirtschaft geholt. In der neuen Heimat jammerte er seinem früheren Leben nach. Er fühlte sich schikaniert von den Behörden, die ihn seiner Meinung nach um seine Rente als Kriegsversehrter betrogen.

Am meisten ärgerte er sich über die täglichen Nörgeleien der drei Frauen, wegen seiner Raucherei. Ihr Standardspruch: „Verschwind mit deinem Tschigg!" Einmal, die weiblichen Mitbewohner der Hausgemeinschaft erledigten Einkäufe, erzählte der Opa von den Bombennächten in Hamburg. Da habe er das Rauchen angefangen, obwohl er vom Rauch und Feuer genug habe. Er musste die verkohlten Leichenteile beseitigen. Mir gingen seine Geschichten lange nach. Die Oma konnte seine nächtlichen Schreie nicht mehr ertragen und wies ihm eine eigene Kammer zu. Die verließ er nur zum Essen und um morgens und abends mit seinem Dackel Lumpi zum Zigarettenapparat zu wackeln. Nahm er einen Tschigg in die Hand, zitterten die gelb-schwarzen Hände. Das Streichholz brannte bis zu den Fingerkuppen hinunter. Erst mit einem zweiten, oft dritten Versuch brannte sein Seelentröster. Ich konnte den Feuerwehrmann gut leiden. Warum seine Fingerspitzen schmerzunempfindlich waren, erzählte er mir nicht.

Die letzte Erinnerung an ihn war nicht schön. Er lag vor Schmerzen gekrümmt am Hauseingang. Die steile Holztreppe des alten Bauernhauses war für ältere Menschen eine Zumutung. Die niedrige Wohnung lag über dem Stall und war vorher eine Kornkammer. Die Flüchtlingsfamilie bekam die Wohnung von der Gemeinde zugewiesen.

Die Bauern, drei unverheiratete Geschwister, wohnten ebenerdig im rechten Teil des Gehöftes. Am Totenbett der Mutter mussten die Kinder versprechen, ehelos zu bleiben. Das gelobten viele Anhänger der pietistischen Glaubensgemeinschaft. Der Gründer und Vorbild Gottlob Hahn, mahnte: „Seid jederzeit bereit, den Heiland gebührend zu empfangen!"

Ich stellte mir vor, das große Ereignis fände mitten in der Arbeit auf dem Kartoffelacker statt. Der Bruder Wilhelm steht, den Bauch vorgestreckt, mit beiden Beinen im Dreck, mit der Schürze wischt er schon wieder den Schweiß von der Stirn. Sein Blick geht Richtung Himmel. Ich klaube die Kartoffeln aus dem Lehmboden. Der Erlöser steht hinter mir und ich merke es nicht.

Das Bild vom wiederkommenden, aus den Wolken herabsteigenden Jesus hing in der Wohnstube über der Eckbank, auf der sich sonntagnachmittags die Stundenbrüder Gedanken über das nahe Ende der Welt machten. Die Geschwister Schiek lebten auf diesen Augenblick hin.

Die beiden Brüder waren verschiedener Natur. Der dicke Wilhelm brauchte bei der Arbeit doppelt so lang, wie der geistig wendigere, ältere Gottlieb. Die Schwester Martha wuselte zwischen Haus und Hof hin und her. Sie machte ihrer Namenschwester in der Bibel alle Ehre. Samstags schleppte die Unermüdliche einen Kretten (Korb) Geerntetes vom Acker ins Altersheim. Die biblische Schwester sah wie meine Martha aus, war für mich die gleiche Gestalt. Genau so gut konnte ich mir die lebensbejahende Frau mit Kindern am Rockzipfel vorstellen. Ich meinte ihr anzusehen, wie die Verpflichtung zur Ehelosigkeit ihre Wangen herunterzog. So oft es ging, half ich den frommen Geschwistern bei der Feldarbeit. Ein willkommener Ersatz für meine verstorbenen Großeltern.

Dem behäbigen Gottlob war das ganz recht. Ich schaffte (arbeitete) für ihn mit. Er hatte jetzt mehr Zeit, sich mit seiner verwaschenen Schürze den Schweiß von der Stirn zu reiben. Der schnell Gealterte schaffte es in diesem Jahr nicht mehr, auf den vollbeladenen Heuwagen zu steigen.

Wilhelm weigerte sich mit dem Bulldog zu fahren. Einmal erkrankte Gottlob und bat mich, mit dem Fahrzeug Grünfutter zu holen. Da hörte ich ihn zum ersten Mal etwas Unchristliches über seinen leiblichen Bruder sagen.

In der Gemeinschaft sprachen sich alle mit Bruder und Schwester an. An einem Feiertag, es war Peter und Paul und wurde nur von den „ Hahnschen" gefeiert, reiste ein bekannter Prediger aus Stuttgart zur „Schtond" zu uns. Er sah wie ein feiner Herr aus. Wilhelm nahm mich zur Seite und erklärte den Status des hohen Besuchs. Er wäre nicht nur ein Fabrikant mit vielen Leuten, sondern auch noch der Oberste vom Geschwisterrat der Gemeinschaft.

Nicht alle Glaubensbrüder nahmen es so genau wie die Geschwister. Von einem hieß es im Dorf, der wäre ein Erbschleicher und gehe nur zur „Schtond", um sich einzuschmeicheln. Der „Rotschopf", so nannte ich einen Stundenbruder, beachtete mich nicht, lobte mich weder für meinen Einsatz in Hof und Feld, noch sah er es gerne, dass ich auch eine Meinung beim Bibelauslegen hatte. Jeder durfte seine Gedanken über den festgesetzten Bibeltext äußern. Beim ersten Mal genierte ich mich. Der Bruder neben mir erlöste mich. Beim zweiten Versuch stoppte mich der Älteste, ein Stundenbruder, mitten im Satz. Das war unüblich. Ermutigt durch meinen Schulpfarrer wagte ich einen Einwand.

In der „Schtond" war es nicht üblich zu diskutieren und erst recht nicht, den Text oder die Aussagen der anderen Brüder zu kritisieren. Ein schwieriger Vers vom Apostel Paulus machte mir zu schaffen. Ich verstand nicht, wie der auferstandene Leib aussehen soll. Der Stundenälteste beschied: „Des muss mr so anehme wie's da steht!"

Die Beschäftigung mit den Bibeltexten hielt mich nicht davon ab, ein anderes Terrain zu erkunden. Bei unseren Nachmittagsspaziergängen lagen wir am Rand einer einsamen Waldwiese. Anfänglich genügte mir, das adrette Äußere meiner Freundin in Ruhe zu bewundern. Es stimmte alles. Die Mutter, eine gelernte Schneiderin, stattete ihre Tochter mit Selbstgeschneidertem aus. Ihr fachliches Können war unbestritten. Die Frauen aus dem Dorf kamen gern zu ihr.

Ich staunte, wie aus einem Stück Stoff das Endprodukt entstand. Vor der Näherin lag der Schlachtplan auf dem Tisch, das Feld abgesteckt. Gestrichelte und gepunktete Linien markierten das Aufmarschgebiet. Das Schlachtfeld wurde neu geordnet. Die Schlachtherrin bereitete den Angriff vor. In raschen Zügen ging es nach Osten. Die Frontabschnitte steckte die Strategin mit einer roten Nadel für die Ostfront, und mit zwei blauen für die Westfront ab. Ich wunderte mich über den Aufenthaltsort der Einsatzmittel. Im Mund zwischen den Lippen. Bestand nicht die Gefahr des Verschluckens? Mit einem Ratsch der Riesenschere lag der verlorene Abschnitt auf dem Boden.

Die Waffe, sehr scharf, nicht zu vergleichen, mit der unseren zu Hause. Das Gelände wurde übersichtlicher. Nach ein paar einschneidenden Maßnahmen stand der Sieg fest. Preis durch Fleiß. Meine Frage bezüglich der Taktik und der Aneignung einer so geschickten Technik, beantwortete die Meisterin gerne und ausführlich.

Sie hatte als Lehrmädchen eine Menge Durchstehvermögen gebraucht. Zerschnitt die Auszubildende ein Stück Stoff, bekam die Ungeschickte einen Abzug oder musste noch länger bleiben. Gearbeitet wurde an jedem Werktag, von der Frühe bis in die Nacht. Einen Lohn gab es nicht. Im Gegenteil, die Lehrzeit musste bezahlt werden.

Gefreut hätte sie sich auf den Samstagabend. Auf dem Tanzboden kannte man sie als wilde Hilde! Fesch sei sie daher gekommen. Neues Kleidchen, schicke Schuhe. „Des haben die Tschechn gute gmacht!"

Und da stand er auch, ein gutaussehender Jungoffizier schnappte sich die glutvolle, lebenslustige Maid und gleich ab an den Traualtar. Eine Kriegsheirat, die sofort fruchtete! Der Krieg und das unerwartete Ende drehte das Leben auf die Verliererseite. Erwin, ihr blonder, blauäugiger Held, er blickte auf dem geschmückten Foto schon so wehmütig, vermisst im Endkampf, schmückte das eichdunkle Büffet.

Den Einmarsch der Sowjetarmee und die Flucht aus dem Paradies schilderte die vom Schicksal Gebeutelte so oft, bis ein fester Film bei mir entstand. Die erste Begegnung mit der fremden Besatzungsmacht war die am meisten erzählte Begebenheit.

Zwei Russen schlugen mit dem Gewehrkolben gegen die Tür, zeigten auf eine der vielen Uhren am Arm – „die habns uns gstohln!", kam immer regelmäßig als Beisatz –, drehten am Zeiger 20 Minuten weiter. Soviel Zeit hatte die Familie, um das Haus zu räumen. Ein Rotarmist nahm der Mutter liebevoll das Kind aus dem Arm, streichelte sanft das blonde Engelchen und besänftigte Kind und Mutter mit einem Wiegenlied. Sein Kompagnon sprang mit einer Handvoll Kirschen durchs Haus. Er suchte ein Waschbecken, fand die Kloschüssel und steckte laut lachend dem kleinen Kind eine ordentlich gewaschene Frucht in den Mund.

Die Sowjetarmisten kamen in der Schilderung meiner späteren Schwiegermutter gar nicht so schlecht weg. Die schlimmere Sorte waren die ansässigen Tschechen. Von denen seien die Vertriebenen am schlechtesten behandelt worden. Auf der Flucht bettelte die Mutter für ihr Kind auf einem Hof um ein paar Tropfen Milch. Der Bauer zeigte auf die Sumpfwiesen. In der Not kochten die Verzweifelten das Graswasser. In jenen Tagen starben viele Säuglinge. Ihr Baby litt an einer doppelten Lungenentzündung. Unterwegs nach Wien sei die Großmutter im Straßengraben an Entkräftung gestorben.

Einen Satz meißelte die Vertriebene, abgemildert mit österreichischem Sprachcharme, in mein Gedächtnis: „Gjagt, wie räudige Hund, hams uns!" Sie seien heil durchgekommen, das verdanke sie allein ihrem Herrgott. Zum Glück, trotz Kontrolle, wäre es gelungen, einen Teil vom Schmuck zu verstecken. Die Edelsteine wurden gegen Lebensmittel eingetauscht.

Im Auffanglager konnte sie dann den Verwaltungsangestellten aus Stofffetzen Ansehnliches schneidern und für den kranken Säugling lebensnotwendige Medikamente erstehen. Der Stoff, den sie gerade in der Arbeit hatte, wäre kein Vergleich im Verhältnis zu den dünnen Fetzen von damals.

Ich lernte, billige Baumwolle von der guten zu unterscheiden – das Gefühl geben die Finger her –, bewunderte echte Seide. Anschmiegsame Stoffe machten mich zum Kenner. Es war keine Kunst, meine einfache Mutter, die sparsame schwäbische Hausfrau, damit zu beeindrucken. Seltsam, ich begann mich für Dinge, die doch dem weiblichen Bereich zugeordnet wurden, zu interessieren.

Da saß ich und stickte eine mittelalterliche Gobelinvorlage – einen ganzen Winter lang. Schaute mir gerne Schaufenster und Kataloge an, bestaunte orientalische Teppichmuster, bewunderte Stickmuster bei Tischdecken.

Das neue Kleid stand meinem Mädchen. Das Rosenmuster, passte gut zur hochgesteckten Frisur. Rosen waren gefragt. Rosenkanzler und Rosenresli beliebt. Die Länge bedenklich kurz. Die Kleider der anderen Mädchen gingen übers Knie, sahen in Form und Farbe „altbacken" aus. Ein Sportkamerad brachte das Gebaren und Aussehen der gleichaltrigen Mädchen auf die Formel „Dorftrampel".

Die Angebote im Dorfkino und auf den Rumstehplätzen genügten nicht mehr. In der fünf Kilometer weiter gelegenen Kleinstadt prahlte ein Filmpalast mit seiner Ausstattung und Größe. Da passte unser Dorfschuppen 5-mal rein! Der Vorraum mit zwei Kassen und einem Süßigkeitenstand fand meine Bewunderung und erst der Saal mit seinem hollywood-roten Samtvorhang. In derselben Farbe fünf Logenplätze. Bei uns gab es nur eine Luxus-Reihe, dort konnte man sich aber nicht wie hier, zu zweit platzieren. Mein Freund bemerkte, dass die doppelt so breite Auflage ideal für Liebespärchen wäre.

Wir hockten auf den vorderen, unbequemen Stuhlreihen. Die wilden Klänge einer neuen Musikform, Vater fand sie noch schlimmer als die Negermusik, durchströmte wie heiße Lava meine Blutbahnen. Bill Haley aus den USA rockte mit seiner wummernden E-Gitarre über die Leinwand.

Neben mir krachte es. Ein kräftiger Junge sprang auf, hüpfte auf den Kinositz hoch. Der dünne Sperrholzboden zersplitterte. Der Randalierer steckte mit beiden Beinen fest. Ich probierte, mit der Faust dasselbe Ergebnis zu erzielen, schaffte den Durchbruch, musste aber einige Splitter in der Faust in Kauf nehmen. Mein Freund machte es geschickterweise mit einem Fuß.

Das Saallicht ging an. Die grelle Beleuchtung verriet die übermütigen Zuschauer. Auf der Leinwand gab es nichts mehr zu sehen. Der Filmvorführer stürmte aus seiner Kabine, schrie nach der Polizei. Mein Freund schnappte mich am Ärmel, zerrte mich nach draußen. Bis die Bullen eintrafen, waren wir verschwunden. Dabei vergaß ich meine schwarze Lederjacke. Mein mühsam erspartes Stück, heimlich von einem Kumpel abgekauft, hing an der Garderobe im Kino. Sein Vater, meiner natürlich auch, verbot ihm, das Markenzeichen der Halbstarken zu tragen.

Am übernächsten Tag bestellte die Polizei Vater und mich aufs Revier. Der Beamte händigte die Jacke und meinen Schülerausweis gegen Unterschrift an meinen Vater aus. Das vergessene Dokument verriet mein unrühmliches Tun. Bei der Übergabe fiel eine angefangene Zigarettenschachtel auf den Boden. Das verbotene Kraut hatte ich ohne mein Wissen beim Jackenkauf übernommen. Vaters Gesicht verfärbte sich. Mit seiner Kommandostimme stellte er sich vor den Beamten und versprach, dafür zu sorgen, mich wieder auf den richtigen Weg zu bringen. Der Uniformierte nickte anerkennend, gab Vater und mir beim Verabschieden die Hand, wandte sich an mich mit dem Ratschlag: „Lass dich nicht mehr mit solchen Kerlen ein!“ Auf dem Heimweg änderte Vater seine Meinung. Sein Urteil: „Du landescht no im Steinbruch. Da kehret elle Kriminelle na!“

Der Herr Oberstabsfeldwebel erklärte mir den Kriegszustand. Ich ging aufs Ganze und rechnete mit einem Blitzsieg. Mein strategischer Vorteil, von dem mein Gegner nichts ahnte, ich konnte mich jederzeit in ein gesichertes Territorium zurückziehen. Das Ausweichmanöver erforderte keine langen Wege und konnte sofort durchgeführt werden. Die neue Heimat war ja nicht weit und bot alles, wovon andere nur träumen konnten. Zum einen die reichlichen und schmackhaften Mahlzeiten, zum anderen das häufige Beisammensein mit meinem Mädchen.

Bei der Erkundung der weiblichen Körperzonen befand ich mich im Anfangsstadium.

Mein erstes Unternehmen – ungefähr mit zwölf – war nicht so erfolgreich. Ein Nachbarsjunge hatte mir versprochen, ein einmaliges Erlebnis zu vermitteln. Er versicherte: „Du kasch Sache sehe, die du no nie gsähe hasch!“ Der Verlockung konnte ich nicht widerstehen, obwohl ich einen Obolus zu entrichten hatte, ein „Fuffzgerle“ sollte ich mitbringen. Der Versucher schleppte mich zu einem Hühnergarten. Die alte Bauersfrau hatte alle Tiere geschlachtet, weil ihr das Geschäft zu viel wurde. Der Hennastall war umlagert von neugierigen „Gockeler“. „Du musch dei Geld hinters Türle lege, na kasch neigucka ond ihr Pfuiteufel seha!“ Vor mir kam der Rotschopf dran. Er zwängte seinen kantigen Schädel durch den engen Hühnereinlass. Der Schlupflochglotzer schüttelte seinen „Riebel“ und maulte: „Da siehsch ja gar nix rechts!“

Ich beschloss mein Geld für habhaftere Dinge auszugeben. Ohne zu zahlen, spickelte ich kurz und erhaschte ein dunkles Etwas, das mir nichts sagte.

Nun, drei Jahre später, unternahm ich einen weiteren Versuch, den weiblichen Körper zu erforschen. Mitten in meinen Bemühungen, platzte die besorgte Mama herein. „Ich wollts euch nur fragen, obs ihr Hunger habts!“

Einmal war ich der Neugierigen richtig dankbar für die Unterbrechung. Meine Finger kamen in den roten Bereich. Ich erschrak mehr als die Betroffene und brauchte einige Zeit und Überwindung einen neuen Versuch zu starten.

Wir verlegten unsere Aktionen in die freie Natur. Der nachmittägliche Spaziergang kannte nur ein Ziel, ein vor neugierigen Augen sicheres Plätzchen. Der idealste Ort, ein kleiner Steinbruch auf der Waldhöhe. Zwischen alten Kiefern, die verlassene Steinmetzhütte mit freiem Zugang. Der Nachteil, es roch modrig und manchmal auch menschlich. Ich fand es bei schönem Wetter, draußen im moosigen Gras angenehmer. Warme Sonnenstrahlen mit Tannennadelduft angereichert, durchrieselten meinen Körper, beflügelten meine Sinne. Die anfängliche Hektik, die immer zuviel auf einmal wollte, begnügte sich mit intensivem Streicheln und Ertasten.

Es dauerte gut zwei Jahre, bis ich behaupten konnte, die Angelegenheit erfolgreich durchgeführt zu haben. Der Leute wegen verbot die Frau Mama das Übernachten. Außerdem verwies sie auf den Kuppelparagrafen des Gesetzgebers. Da käme sie in Teufelsküche!

Mutter freute sich über mein gelegentliches Heimkommen und ich musste ihr versprechen, den sonntäglichen Kirchgang nicht zu vergessen. Das fiel mir schwer. Die Predigten unseres müden und alten Pfarrers wurden immer langweiliger. Zum Einschlafen war ich zu jung.

Konflikt mit dem Vater

An diesem Morgen zog ich unter mein Sonntagsgewand den Sportdress an. Es war sommerlich warm. Ich passierte den Treppenaufgang zur Kirche und bog im Laufschritt auf den steilen, 20 Minuten langen Weg zum Waldsportplatz ein. Ich brauchte nur die halbe Zeit, hechelte in die Umkleidekabine, hängte das Unnötige an den Sportheimkleiderhaken. Meine Spielkameraden beendeten die Aufwärmphase, als ich den Platz betrat. Der Ersatzstürmer verließ nur ungern den Rasen. Meinen Gruß erwiderte er nicht.

Ich war im Spiel bemüht, meinen Einsatz zu rechtfertigen. Mir gelang der erste Treffer. Mitten im Spiel hörte ich einen Pfiff. Es war nicht der Schiedsrichter. Der Ton kam von draußen und klang be-

Der Vater – Soldat Oskar Dilger

kannt. Mein Vater stand am Spielfeldrand. Mit der Hand winkte er mich heraus. Ob sich der Ersatzspieler eins gegrinst hat? Statt loszudonnern, sprach er in einer mir völlig unbekannten, Art: „Wenn du mich schon enttäuscht, nimm wenigstens Rücksicht auf deine Mutter!“ An diesem Tag hingen zwei schwere Säcke auf meinem Rücken. Im rechten kullerte ein Fußball mit einer übergroßen Aufschrift – Blamage. Im linken, der hing schwerer nach unten, lag ein Buch, vollgeschrieben mit all den Dingen die Mutter für mich leistete. Die Überschrift auf dem Deckel dick und rot: „Was tust du für mich?“

Mutter bewertete meine Untat nicht so dramatisch wie Vater. Sie schaffte es sogar, ihm das Versprechen abzuhandeln, nicht immer so „wüst“ mit dem Bua umzugehen.

Der Sommer brachte mit seiner übermäßigen Wärme manchen Hitzkopf in Wallungen und viele Gartenbesitzer in Nöte. Bei Vater kam beides zusammen. Ich hatte nicht genügend gegossen und er ließ seiner üblichen Verachtung, ob meiner Unfähigkeit, freien Lauf. Ich hielt den Gartenschlauch noch in der Hand und begoss statt der Tomaten, das „schimpfende Gewächs". Ob mein ständiger Muskelzuwachs den Verdutzten abhielt auf mich loszugehen? Meine verbale Reaktion: „Rechne damit, in Zukunft schlag ich zurück!" Ob ich mich getraut hätte?

Von nun an scherte ich mich nicht mehr um die Abläufe, die Vater immer diktiert hatte. Ich wich ihm aus, wo ich nur konnte. Bei Mutter verbrachte ich weniger Zeit, achtete aber darauf, dann auch wirklich mit ihr allein zu sein. Das Wochenende gehörte meiner neuen Familie.

Bergunfall

Angeregt durch Bücher und Filme über Bergbesteigungen, beschloss ich das Klettern anzufangen. Die heldenhaften Erstbesteigungen in den Alpen und im Himalaya beschäftigten mich. Ich wusste alles über das Ausrüstungsmaterial und die Planung der schwierigen Unternehmungen. Die große Zahl der tödlichen Unfälle schreckte mich nicht ab.

Die nächste Möglichkeit, meine Geschicklichkeit auszuprobieren, boten die etwa 30 Kilometer von Winterbach entfernten Albfelsen bei Heubach.

An einem Sonntagmorgen klingelte ein notorischer Frühaufsteher um 8 Uhr seine Freundin aus dem Bett. Es ging mit dem Zug nach Schwäbisch Gmünd. Von dort mit dem „Wanderbähnle" zum Zielort.

Der Aufstieg zum Aussichtspunkt war einfach zu bewältigen. Ich wollte mehr, rutschte wie eine Gams den steilen Geröllhang neben dem Felsen mit abgestemmten Füßen runter. Auf halber Strecke leuchteten im hellen Kalkgestein gelbe und weiße Blümchen. Die wollte ich meiner Begleiterin holen. Eine ideale Gelegenheit meine Liebe zu beweisen! Ich winkte zu ihr hoch, deutete auf das Blumengeschenk. Auf ihrem Gesicht war keine Begeisterung zu lesen.

Der Fels über mir wollte erobert sein. Ich zog mich zu einem kleinen Absatz hoch. Die Steinplatte mit trockenen Flechten gestattete mir ausreichend Bewegungsfreiheit, um mein Vorhaben zu Ende zu bringen. Nur noch der Steilüberhang! Beim letzten Tritt bröckelte das Gestein unter dem rechten Fuß ab, der linke fand keinen Halt, die Hände fassten ins Leere. Es ging bergab. Ich hörte den Aufschrei meiner Begleiterin. Mit beiden Händen spendete die Verlassene einen letzten Gruß – rosarote Rosen schwebten aus ihrem Kleid. Rasch wechselnde Ereignisse purzelten mit mir hinunter. Im Fall raste das ganze Leben in Sekundenschnelle vorbei. Meine Retter, die Bergwacht, protokollierten „Freier Fall – Sturzhöhe 17 Meter". Für jedes Lebensjahr ein Meter. Pro Zentimeter gerechnet, ziemlich viele Erinnerungen. Der Aufprall schleuderte mich ins Dunkle. Ich schwamm in einer warmen Flüssigkeit. Irgendwann tauschte mein Auge das Schwarz in Weiß.

Eine ältere Krankenschwester begrüßte mich in meiner neuen Umgebung: „Wie kann man auch bloß so leichtsinnig sein!" Die Stimme unangenehm laut. Mit ausgestrecktem Arm deutete sie auf ein leeres Bett an der Wand: „Der ist nicht so gut weggekommen!"

Ich überlebte den Aufprall, dank des Waldhumusbodens, auf dem ich landete. Eine leichte Drehung nach links, mein kleiner Linksdrall war wohl angeboren, bewahrte mich vor dem allzu frühen Ableben Der andere Kletterer fiel auf einen Felsbrocken.

Ganz ohne, kam ich nicht weg. Mein linker Fuß zeigte in die entgegengesetzte Richtung. Der linke Zeigefinger hing an der Sehne. Eine schwere Gehirnerschütterung ließ mich lange schlafen. Im Kopf musste einiges durcheinander gekommen sein. Vergaß ich irgendwas, war die Ursache das verdrehte Hirn. Das behauptete Vater und prophezeite, diese Störung würde mich mein Leben lang begleiten. Mutter entschuldigte meine Fehler mit dem Hinweis: „Des wird sich scho wieder eirengge!"

Nach ein paar Tagen zog ich den Gipsfuß aus der Schlinge. Beim Auftreten schrie ich laut. Die Krankenschwester kam und schimpf-

Das Rosenmädchen

te über meine Ungeduld, besorgte aber auf mein Drängen ein paar Krücken und erlaubte mir, auf den Flur hinauszugehen. Dort verging die Zeit schneller. Ein ständiges hin und her von Patienten, Besuchern und Pflegepersonal. Nachmittags hangelte ich die Treppe hinunter, in den Garten.

Ich vergaß, dass Besuchstag war. Mein Besuch stand mit der Schwester im Zimmer herum. Die Begrüßung fiel unterschiedlich aus. Mein Vater bestärkte die Schwester in ihrem Unmut – mit Vater hatte ich nicht gerechnet. Jetzt konnte ich mein Mädchen nicht küssen.

Wenigstens wurde ich reich beschenkt. Sogar Vater stellte eine Tüte auf den Fenstersims. Seine Geschenke kannte ich, entweder

Krawatten oder Socken. Das Letztere konnte ich immer brauchen. Ich war ein bekannter Sockenverlierer, schon vor dem Unfall.

Vater verkürzte sich die Besuchszeit mit einer Zigarre im ausgewiesenen Raucherbereich der Station. Ich nutzte die Gelegenheit zum Zärtlichkeitsaustausch mit meinem Rosenmädchen. Am Ende der Besuchszeit fiel mir noch ein, sie nach den gelben Steinblumen, die ich ihr aus dem Fels geholt hatte, zu fragen. Besorgt schaute die Besucherin ihre Mutter an.

Beim Abschied beauftragte Vater mich, sein Mitgebrachtes, ein Päckchen Kaffee und eine Tafel Schokolade, der Schwester als Dankeschön, zu überreichen. Ich behielt die Schokolade. Das war der gerechte Ausgleich für die Nichterfüllung meiner Bitte, mir ein zweites Kissen zum besseren Geradesitzen beim Lesen zu bringen. Nach drei Wochen wurde ich entlassen.

Das Gipsbein hinderte beim Fahrradfahren. Ich schaffte es nicht, bergaufwärts zu treten. Ab und zu plagte mich ein Stechen an der linken Rückenseite.

Auf dem Weg in die Schule, ich saß in der Straßenbahn, drehte sich ein Bohrer durch meinen Rücken in die Harnblase. Ich schrie mein Leid in die Stadt hinaus und bat um Erlösung. Niemand half. Ich sprang, kurz vor der Stuttgarter Schlossplatz-Haltestelle, vom Trittbrett, rannte die Häuserzeilen entlang, entdeckte ein Dr. med. Schild, hangelte mich am Treppengeländer hoch, drückte die Eingangstür auf, stürzte am Empfangstresen vorbei ins volle Wartezimmer. Die Arzthelferin holte mich ein, wollte mich in die vorgeschriebene Ordnung zurückziehen. Ich ging in die Knie winselte wie Nachbars Hund in der Nacht, zeigte auf die schmerzende Stelle, ging zu Boden, bat um Hilfe.

Die Sprechstundenhilfe rief den Arzt herbei. Zielsicher angelte der Mediziner aus seinem Besteckkasten eine hakenförmige Spritze. Das Fräulein drehte mich zur Seite, drückte besänftigend meinen Kopf auf die Liege und tröstete mich mit dem Hinweis: „Gleich ist's vorbei! Ich war innerhalb kürzester Zeit schmerzfrei. Ob es mir noch zum Training reicht? Der Arzt durchkreuzte mein Vorhaben. Er telefonierte mit dem Krankenhaus. Das nette Fräulein gab mir einen Zettel, mit Uhrzeit und Ortsangabe. Dort hätte ich mich am nächsten Morgen um 8 Uhr einzufinden.

Mutter packte eine Tasche. Der Schlafanzug war überflüssig. Die OP-Schwester ließ mich einen Kittel anziehen, der hinten offen war. Da konnte man doch alles sehen!

Die Operation verlief gut. Mein Harnleiter war abgeknickt und wurde durch Plastik ersetzt. Ich wurde von einer urologischen Kapazität behandelt. Der lustige Könner gratulierte mir. Die Schwestern im Robert Bosch Krankenhaus waren überaus freundlich. Eine hübsche Lernschwester kümmerte sich um mich wie eine leibliche Schwester. Ich überredete sie, mich für ein paar Stunden zu beurlauben.Unten in der Stadt lief im größten Kino der erste 3 D-Film, mit dem Titel „Windjammer".

Das „Schwesterle" umwickelte meinen künstlichen Harnausgang, ermahnte mich, ja nichts zu trinken und bedauerte, mich nicht begleiten zu können. Zu gerne wäre sie mit über den Atlantik gesegelt. Ich versprach ihr, alles genau zu erzählen. Dazu kam es nicht. Die Frau Oberin erfuhr von meinem Ausflug. Meine liebe Helferin verbannte die Erboste einen Stock tiefer.

Reise nach Italien

Windjammer blies mein Fernweh wach. In der Kino-Passage warb ein Reisebüro damit, „billigst" mit dem Zug nach Rom zu kommen.

Ich wollte die Katakomben und das Colosseum sehen, beides Orte, an denen die ersten Christen der Verfolgung der heidnischen Machthaber ausgesetzt waren.

Ich erwarb eine Fahrkarte und stand am nächsten Morgen auf dem Bahnsteig, eingepfercht zwischen einer fröhlichen Schar Italiener.

Meine bescheidene Unterkunft, eine Jugendherberge, lag weit außerhalb der Stadt. Der gerechte Ausgleich: Gleich in der Nähe befand sich eine Katakombe. Der Eintritt war frei, das Verirren kostenlos. Meine unterirdische Begräbnisstätte gehörte zu den kleineren Anlagen. Ein Abstecher in einen nicht gekennzeichneten Gang brachte meinen sonst gut funktionierenden Orientierungssinn durcheinander.

Mir fiel die Geschichte einer Schulklasse von Viterbo ein. Eine Gruppe Schüler blieb hinter der vorausgehenden Lehrerin zurück. Die Übermütigen schlüpften durch einen Seitengang, irrten stundenlang, wie sich später herausstellte, im Kreis herum. Ohne Decken und Nahrung kauerte die kleine Schar in einer Felsausbuchtung zwei ganze Tage. In der dritten Nacht erreichte ein Suchtrupp das unbekannte Terrain in der weitläufigen Katakombe. Wenn ich mich recht erinnere, ging die Sache nicht gut aus.

Ich legte Papierschnitzel an die Gangkreuzungen und fand endlich einen anderen Ausgang. Der Wärter sah mich von weitem. Ich wich seiner Fuchtelei aus. Rom interessierte mich eine Woche lang.

Nach meiner Rückkehr erwartete mich eine schlechte Nachricht. Meine Freundin hatte sich an ihrer Ausbildungstätte im Kinderkrankenhaus eine Gelbsuchtinfektion zugezogen. Ein Besuch wäre momentan nicht möglich.

Tage später hielt ich es nicht mehr aus und trieb mich, in der Erwartung, die Kranke kurz zu sehen, um die Einrichtung der Inneren Mission herum. Ein weiblicher Pförtner verweigerte den Zugang. Die Diakonisse belehrte mich: „Männerbesuche sind verboten!", und mit einem durchschauenden Blick: „Schon gar nicht jetzt, mein Freund." Ich hatte die strengen Regeln vergessen. Selbst die verlobten Mädchen durften keinen Ring tragen.

Die Lernschwestern wohnten in einem bewachten Gebäude. Die Aufsicht führende Schwester betrat ohne zu Klopfen die Zimmer, um das Rauch-und Männerverbot zu kontrollieren. Auf dem ganzen Gelände herrschte strengstes Rauchverbot.

Verärgert trat ich den Rückzug an. Zigarettenrauch stieg mir in die Nase. Hinter dem Gebüsch ein uniformiertes, weibliches Wesen, mit dem rechten Fuß trat die Kinderlernschwester eine qualmende Zigarettenkippe in den Grasboden. Ich bat sie mir zu helfen. Es dauerte noch eine gute Viertelstunde, bis mir ein bekanntes Gesicht aus dem beschriebenen Fenster zuwinkte.

Ich steigerte meine Reiseansprüche – der Orient – eine Gangart mehr. Abenteuerberichte über die Pharaonen, die Grabräuber und – das wollte ich auf alle Fälle – die Wüste erleben. Karl Mays Romanhelden lebten weiter und die Geschichtsorte der Hebräer in der ägyptischen Gefangenschaft und vor allem die Örtlichkeiten der Flucht des erwählten Gottesvolkes.

Wer eine Reise tut …

Im Sommer wagte ich eine Fahrt mit einem anderen Gastarbeiterzug von Stuttgart nach Athen. Am Abfahrtsort waren ganze Abteile frei. Ich richtete mir ein bequemes Quartier ein. Ich hatte nicht mitbekommen, dass ich in einen anderen Zug in München umsteigen musste, verpasste das rechtzeitige Einsteigen und kam bei der Erstürmung der Abteile zu spät. Es blieben mir ein paar Quadratzentimeter im Gang, gleich neben der Toilette. Die Füße eingekeilt zwischen halbaufgerissenen, schlampig verschnürten Pappkartons, überquellenden Stoffkoffern, hockte ich auf der bequemsten Sitzgelegenheit – meinem Rucksack. Die Gerüche aus dem Klo, gepaart mit denen ausgezogener Schuhe, zwangen mich trotz Proteste, das Gangfenster aufzureißen. Kurz hinter der deutsch-österreichischen Grenze war die Toilette nicht mehr benutzbar. Das laute Geratter der Schienen und das ständige Reiben der Trittbleche nahm ich solange in Kauf, bis meine Lunge mit der Eisenluft genügend abgefüllt war.

An der Grenze zum slawischen Nachbarn leerte sich ein Abteil. Bevor der Letzte draußen war, stellte ich meinen Rucksack auf einen Sitzplatz am Fenster. Ich musste aufs Klo. Entspannt und in freudiger Erwartung suchte ich danach wieder mein Abteil auf. Es war besetzt. Ein schnurrbärtiger Mann hatte sich auf meinem Platz breitgemacht. Er roch nach Knoblauch. Mein Gepäckstück lag auf dem Boden. Ich drohte dem Sitzräuber mit erhobenem Zeigefinger. Zu meinem Erstaunen räumte er den Platz.

Die Haltestationen mehrten sich und die lange Aufenthaltsdauer an den Bahnhöfen ermöglichte es mir, auf und ab zu schlendern.

Es war wie auf dem Markt. Ein Kopftuchmädchen streckte mit geöffneter Hand geröstete Kerne vor meinen Mund. Ich zögerte. Sie zeigte auf die bis zum Horizont reichenden Sonnenblumenfelder. Das Mädchen füllte mir beide Hände mit der sonnigen Gabe. Ich konnte nicht mal zum Abschied winken. Ihr Gesicht, rundlichbraun wie ein Sonnenblumenkopf, die Augen geformt wie die Kerne, lächelte mich an. Der Zug fuhr an. Ihre warme Schönheit folgte mir ins Abteil.

Es wurde Zeit zum Schlafen. Ich suchte mir das Gepäcknetz als Schlafstätte aus. Mit meinem Schlafsack fand ich es halbwegs bequem Das Schienengeratter verschaffte ein schnelles Wegdösen. Das Sonnenblumenmädchen reichte ihren Bastkorb durchs Fenster.

Mitten im Traum zerstörte das Geschrei des Schaffners meine Phantasien. Die blaue Uniform steckte im Gepäckchaos fest. Er kam nicht durch. Die Schuldigen stellten die alte Ordnung wieder her.

Ein junger Bursche zwängte sich zu meinem Abteil durch. Er wickelte aus seiner Jacke ein fabrikneues Koffer-Radio, drückte seinen Besitz auf meinen Schoß, gab mir die Hand, haspelte ein paar fremde Worte und verschwand, bevor der Uniformierte die Abteiltür aufschob. Pass- und Warenkontrolle. Sein Augenmerk galt einem schlanken Ledersack. Womöglich ein Gewehr? Er lag gar nicht so weit daneben – ein Musikinstrument – eine Waffe, dem menschlichen Geist entsprungen. Meinen neu erworbenen Besitz betrachtete er kurz, schüttelte den Kopf und war draußen. Der Radioeigentümer kam zurück, nahm mir ohne Kommentar das unerwartete Geschenk wieder ab und weg war er. Das ganze Abteil lachte über mich.

Neben dem üblichen Reisegepäck schleppten die Jugos und Griechen Wasserkocher, Waffeleisen, Elektrorasierer – Kofferradios fehlten nie – alles Artikel made in Germany, in ihre Dörfer. Der moderne Industriesklave konnte seine lange Abwesenheit bei Freundin oder Ehefrau mit Nylonstrümpfen und Make up wieder wettmachen.

Den zweiten Tag lehnte ich am Fenster im Gang. Die Ebene hatte ihren Dienst getan. Eine wildherbe Bergwelt belohnte mich. In der zweiten Nacht schlief ich auf der Eisenhängematte ohne Probleme. In den frühen Morgenstunden schlürfte ich an der letzten Grenze ein dunkeldickes Kaffeegebräu. Oma hätte eine Wochenration daraus machen können. Die Buchstaben auf den Schildern konnte ich nicht entziffern. Die aussteigenden Heimkehrer küssten und umarmten sich. Ich wehrte mich unbeholfen. Die Männer fassten sich an den Schultern, bewegten sich im Kreis. Einer zog mich in die Runde. Der Tanz gefiel mir.

Noch am Abend lief unser immer müder werdendes Dampfross in mein erstes Etappenziel ein: Athen.

In der Stadt der großen Denker überfielen mich Autohupenlärm, Benzinwolken und schreiende Menschen. Die antiken Steinzeugnisse fielen schwer auf mein Gemüt. Die Großartigkeit erdrückte mich. Ehrfürchtige Namen, wichtige Geschichtszahlen meiselten sich in mein Gehirn. Alles speichern, nichts vergessen, für immer abrufbar.

Ab ins Hafenviertel! Frische Luft, Seewind. Die schwere Stein-Kopflast kippte auf den schlickigen Grund. Ölige Lachen versperrten den Weg nach oben. Am Anfang des Kais prunkte ein weißes Traumschiff. Es bot keine billige Mitfahrmöglichkeit ins Land der Pyramiden. Die anliegenden Dampfer, noch ganz schmuck, liefen andere Häfen an. Weiter hinten reihten sich Frachtschiffe. Ein Matrose verwies mich an das Kai-Ende. Ganz hinten, an der letzten Verladestelle, ruhte ein rostbrauner Pott.

Ich fragte einen Steward nach einer günstigen Mitfahrgelegenheit. Die wenigen Kabinen auf dem Frachtdampfer waren schon belegt. Im Maschinenraum gab es noch eine Hängematte. Der Preis lächerlich gering, Eisenleitern führten mich zwei Stockwerke tiefer zu meinem Schlafgefängnis. Die einzig freie Matte belegte ich mit meinen Lebensmitteleinkäufen. Das Auslaufen wollte ich an Deck erleben.

Es dauerte einen halben Tag bis der alte Kahn lostuckerte. In den belegten Schaukelbetten schnarchten und rotzten, und das auch noch auf den Boden, heimwehkranke Araber. Meine Nase gewöhnte sich nicht an den Geruch der Menschen und Maschinen. Tagsüber holte ich in einem zerschlissenen Liegestuhl die fehlende Nachtruhe nach.

Gegen Abend wackelte mein Sonnenbett. Der Meeresgott spielte ein gar nicht lustiges Tänzchen. Gischt sprühte über meinen Ruheplatz. Beim Aufstehen schlingerte mein Sitzplatz mit mir in Schräglage an die Reling der Schiffsaußenwand. Auf allen Vieren robbte ich zur Öffnung ins untere Stockwerk zurück. Seekrank hangelte ich mich an der Eisenleiter in das schützende Gemach. Poseidon schlug zu, schleuderte mich nach links, nach rechts. Auf den Wasserlachen rutschte ich wie ein nasser Sack über das Erbrochene der Seekranken. Beim nächsten Anlauf erreichte ich den Bettpfosten meines unwirtlichen Refugiums, zog mich hoch, festigte meinen Stand, drückte mit der linken Schulter gegen das Gestänge, die linke Faust umklammerte das Eisenrund, mit dem freien, rechten Arm umschlang ich Matschiges auf meinem aufgerollten Schlafsack. Zurück zum Aufgang! Ich würgte, kniete auf den Boden, der säuerliche Geruch und der Maschinengestank zogen durch die Nase. Das Gemisch drückte den gesammelten Mageninhalt in einem festen Strahl auf die unterste Treppenstufe. Erleichtert zog sich mein gekrümmter Leib am Geländer wieder nach oben. Ich landete auf den Deckplanken, schnappte wie ein Karpfen nach Frischluft, krallte die Hände in eine Plane, schlug ein Stück Abdeckung zurück, lockerte die Hanfseile, zwängte mich unter die sterche Decke. Meine Unterlage roch angenehm nach Küche. Erst später sah ich den Aufdruck – Mehl – aus USA. Wie konnte so eine weiche Konsistenz so hart sein?

Die unvermeidlichen Frühjahrsstürme peitschten haushohe Wellen an die Schiffswand. Die überschüssigen Wassermassen landeten auf der Deckladung. Mein ungeschützter Schädel teilte die Brecher in zwei Ströme. Eine Hälfte ergoss sich vorne übers Gesicht, der Rest floss wie ein Wiesenbächlein den Rücken runter. Die Einweichphase dauerte ein paar Minuten. Ich schaffte es nicht, eine bessere Schlafstätte zu suchen.

Vor dem endgültigen Knock-out bewahrte mich die traurige Meeresjungfrau auf dem muskulösen Arm meines Samariters. Ich hatte noch nie eine Tätowierung gesehen. Der ergraute Matrose schleppte mich in die Hängematte zurück.

In den Abendstunden zogen sich die Seegötter ermattet in ihre Untiefen zurück.

Der Mannschaftsraum – über der Tür prangte goldschwarz ein Schild „Bibliothek" – beherbergte ein Regälchen mit kaum zwanzig Büchern, eine zerschlissene Couch und ein orientalisches Möbelstück – ein filigranes Holzgestell mit loser Messingplatte und arabischen Schriftzeichen. Ich fühlte mich wohl und beschloss, die Nacht hier zu verbringen. Hinter der Liegestätte versteckte es sich gut. Zur Nacht okkupierte mein schlafbedürftiger Körper das durchgelegene Lederteil. Die gnädigen Wasser schaukelten mich in eine andere Welt. Tief unter dem Schiffsrumpf schwamm das grünschuppige Doppelwesen mit mir durch eine farbige Unterwelt.

Das Aufstehen erzwang eine imposante Gestalt in einer blauweißen Uniform, an Ärmel, Kragen und Schulter goldene Streifen Er verwies auf die halboffene Tür mit einem Schildchen „Only for Officer" und komplimentierte mich hinaus. Verlegen schlich ich in mein unterirdisches Verließ.

Zum letzten Mal betrat ich die verschmutzte Stätte, holte meinen Rucksack und wartete an Deck. Ich genoss die Ruhe. Der alte Pott ankerte Stunde um Stunde.

Endlich kletterten die Zöllner über die Eisenleitern zu uns an Bord. Ich dachte kurz an meine Devisen, versteckt im alten Rasierapparat. Der Passkontrolleur schaute verdutzt auf meinen israelischen Stempel. Er machte mir klar, dass ich auf keinen Fall ins Feindesland und dann zurück ins Freundesland reisen könne. Er stempelte einen Vermerk in meinen Ausweis. Die amtliche Handlung beanspruchte den eifrigen Beamten dermaßen, dass er vergaß, mich nach Devisen zu fragen.

Eine Stunde später konnten wir an den Kais der altehrwürdigen Hafenstadt Alexandria anlegen. Hier, unter Schlick und Sand vergraben, lag die gigantischste Bibliothek der alten Welt. Beim Gang zum Bahnhof wunderte ich mich über die vielen Männer, in Schlafanzüge gekleidet. Einige wenige trugen rote Kappen, Schals, dunkle Anzüge und unter dem Arm Mappen. Bestimmt Beamte oder Bankangestellte.

Die Arbeiter zogen Holzkarren an Stangen, beladen bis zum Gehtnichtmehr. Die Strassen gesäumt von Abfall aller Art. Mittendrin hockten schwarz vermummte Frauen, in den Armen weinende Kinder. Ein kleines Ärmchen streckte sich bei meinem Vorbeikommen aus. Ich hatte nichts zu schenken. Erschreckt sah ich eine dicke gelbliche Flüssigkeit aus den Augenlidern, die Wangen herunter sickern. Es wäre ein Leichtes gewesen, die Augenkrankheit, eine Volksseuche, zu bekämpfen. Die Kosten für die Medizin ein lächerlicher Betrag. Die Betroffenen so arm, dass sie das Geld dafür nicht aufbringen konnten.

Auf in die Hauptstadt Kairo! Mein Quartier suchte ich außerhalb der orientalischen und sowjetischen Prachtbauten. Über einer Bäckerei vermietete die Frau an einheimische Durchreisende Einfachstzimmer. Die Ausstattung: durchgelegene Matratzen, löchriges Bettzeug und als Beigabe jede Menge Wanzen. Die Toilette im Hof teilten sich 15–20 Personen. Zwei Wasserhähne im Außenbereich sorgten für die Körperhygiene. Das notwendige Nass tröpfelte nicht zu jeder Tageszeit. Das Rinnsal füllte einen Zahnbecher. In den Morgenstunden strömte zwischen den losen Bodenbrettern warmer Brotduft aus der Backstube unter mir. Der ständige Fäkaliengeruch war ein paar Stunden eingedämmt.

Früh am Morgen streifte ich durch den großen Basar. Verwundert lief ich durch die erste Gasse. Im Eingangsbereich waren Kleidungsstücke rechts und links an Besenstielen drapiert.

Die Menge schob mich in die nächste Gasse. Klopfen und Hämmern in den Hinterhöfen machten mich neugierig. Im Schatten hockten Männer jeden Alters im Halbkreis und bearbeiteten Material aus dem Kupferbergwerk Salomons. Die Handwerker trieben mit Nagelstift und Hammer Vertiefungen in das Kupfer.

Ich wurde in den danebenliegenden Kaufraum eingeladen. Ein Halbwüchsiger balancierte dampfende Gläser auf einem Messingtablett. Im Glas schwammen grüne Blätter wie kleine Fische. Ich wusste nicht, ob ich sie mitschlucken sollte. Vielleicht wurden sie noch einmal gebraucht. Mein Nachbar drückte die Pfefferminzblätter mit dem Löffelchen nieder und rührte ständig die dicke Zuckerschicht auf.

Der Teejunge legte fein ziselierte Krüge und Teller auf dem Boden aus. Wie sollte ich dem gastfreundlichen Gegenüber erklären, dass ich zwar gerne im Besitz einer so schönen Arbeit wäre, aber sicher nicht in der Lage, entsprechende Mittel aufzutreiben. Mein Etat reichte nur für das Nötigste.

Es war Zeit, den Basar zu verlassen. Ich durchstreifte die weitläufige Stadt bis an den Stadtrand. Der Stadtlärm nahm ab, die Luft roch brenzlig scharf, Abfall häufte sich in den Gassen. Ich passierte das Müllgebirge und beobachtete Halbwüchsige beim Sammeln verschiedener Produkte. Am Abhang lehnten Säcke gefüllt mit Plastikteilen. Ein kleines Mädchen griff hinein, zog eine Puppe ohne Arme heraus. Andere Buben klaubten Glas aus den Haufen, transportierten das kostbare Gut in zerbeulten Blechfässern auf einem Holzkarren zu einer Sammelstelle. Für jedes Material war ein Erwachsener zuständig. Er begutachtete und bewertete die gesammelte Menge. Anschließend entlohnte er die Burschen mit Kleingeld. Den Kleineren warf er Süßigkeiten hin. Ich stiefelte bis ans Ende der Abfallstadt.

Ich erholte mich im Schatten der dahinter gelegenen Kalifengräber. Eine kleine Leiter verführte mich, auf ein Flachdachgebäude zu steigen, um von oben die verschnörkelten Rundkuppeln der Heiligtümer zu fotografieren. Die rissige Lehmdecke war kein guter Standplatz. Mein linker Fuß drückte den lockeren Dachbelag ein Stockwerk tiefer, direkt über die Feuerstelle einer Familie. Der Kochtopf fing die Bröckel und den Staub auf. Mit Gejammer und Gezeter bedankte sich die Hausfrau für die nicht bestellten Zutaten, schwang einen Besen und wünschte mich zum Teufel.

Zurück in Deutschland las ich in der Zeitung, wie der ägyptische König Faruk mit Schimpf und Schande außer Landes gejagt wurde.

Der Monarch führte im Exil ein aufwändiges Leben in den Luxushotels der Côte d'Azur. Er liebte das Essen und die Frauen. Bevor der Lebemann sich in das Nachtleben von Monte Carlo stürzte, nahm er noch einen Happen zu sich. Er verschlang eine Unzahl belegter Brote. Dabei halfen zum Nachspülen zwei Literflaschen

Pepsi-Cola. Beim anschließenden Nachtmahl in einem der teuren Restaurants vertilgte der Nimmersatt eine Lammkeule mit etlichen Beilagen. Der kleine Monarch sah schon witzig aus mit seinem Kugelbauch, ständig von blonden Begleiterinnen umringt, die er mit reichlich Schmuck entlohnte. Die Boulevardblätter waren traurig über seinen überraschenden Abgang. Der Tod erwischte den Unersättlichen bei seiner Lieblingsbeschäftigung. Das ausgebeutete Volk bejubelte sein Ableben.

Sein Nachfolger verkündete auf riesigen, bunten Plakaten an jedem Hauseck in der Hauptstadt: Ich, Gamal Nasser, bin euer neuer Führer. Der neue Heilsbringer, ein Sozialist, versprach irdische Gerechtigkeit. Zum Freitagsgebet besuchte der praktizierende Moslem die Sultan Hassan Moschee. Ich wollte dabei sein.

Eingekeilt in der Menschenmasse trieb ich bis zum Vorplatz, fand eine freie Ecke hinter einer Säule. Dankbar nicht von den Fanatikern bis zum Eingang mitgerissen zu werden, umarmte ich die schlanke steinerne Stütze, betete zu meinem Gott und hoffte, dass der Gott der Anderen derselbe wäre. Das Eingangstor der großen Moschee versperrte meinen Blick auf die Abläufe beim großen Gebet.

Geschrei riss mich aus meiner Betrachtung und lenkte meine Aufmerksamkeit auf die Strasse. Das Bild glich einer Filmszene: Eine Herde wilder Stiere galoppiert über Menschenleiber. Der Unterschied, hier wurden Gläubige von Ihresgleichen aus Begeisterung in den Staub getreten. Es dauerte seine Zeit, bis die Polizei eine Gasse für den neugewählten Präsidenten freiräumte. Nasser stand in einer offenen, schwarzen Limousine. Die begeisterten Anhänger kämpften sich an den Wagen. Ein schlanker Mann schaffte den Sprung aufs Trittbrett, griff nach dem neuen Idol. Die Leibwächter hatten alle Mühe, ihn wegzuzerren. Einen kurzen Augenblick sah ich den Umjubelten, den Arm hochgereckt. Warum dachte ich an Hitler? Beide Personen hatten keinerlei äußerliche Gemeinsamkeiten.

Ein Witz kursierte in den Teestuben. Auf der Flucht nach Ägypten stürzte Hitlers Flugzeug wegen Benzinmangel in den Nil. Eine Zeit später stieg aus den Fluten ein anderer Mann mit arabischen Gesichtszügen. Sein Name – Gamal Nasser.

Überrascht war ich von einem Plakat in einer Schule. Ein ägyptischer Soldat zerquetschte unter seiner Schuhsohle einen Engländer in Kolonialuniform. Feind Nummer eins die Israelis, Nummer zwei die Engländer, Nummer drei die Franzosen. Freund Nummer eins – die Allemans.

Bei den Pyramiden

Es war Zeit die Stadt zu verlassen. Ich wollte die Welt der großen Pharaonen kennenlernen. Zu ihren Steingräbern war es nicht weit. Ich staunte über den Reichtum und die Vielfalt der Fellachenfelder im Niltal. Gab es einen zweiten Garten Eden? Das ausgeklügelte Kanalsystem sorgte für eine gerechte Verteilung des kostbaren Nass.

In der ballonroten Abendsonne ein Bild aus biblischen Zeiten: Auf einem Esel hockt der Bauer, im Schoß ein Kind, die Bastkörbe an der Seite mit den Gaben des Feldes gefüllt. Die Frau, eine Hand stützt den beladenen Schilfkorb auf dem Kopf, geht hinterher.

Vor den Steinmonumenten herrschte buntes Treiben. Ich dachte an Filmaufnahmen. Ein Staatsgast wurde in einem riesigen Zelt empfangen. Reiterspiele mit orientalischer Folklore zogen mich in den Bann. Touristische, weibliche Vogelscheuchen kreischten bei jeder Aktion. Die Aufgabe der männlichen Begleiter, alles mit einem Klick für die Ewigkeit festzuhalten. Die ehrwürdige Steinvergangenheit konnte mit dieser Show nicht konkurrieren. Alles zu meinem Vorteil. Ich konnte ungestört die Pyramiden umwandern, bestaunen und unbemerkt an den Quadern hochsteigen. Auf halbem Weg jagte mich einer der wenigen Wärter herunter.

Auf der Suche nach einem Zeltplatz winkte mich ein Kamelführer zu seinem Standort herüber. Neben den Schlafplätzen der Menschen lagen die angepflockten Wüstenschiffe. Am Feuer teilten wir Fladenbrote und meine letzte Nahrungsreserve, eine Dose Cornedbeef. Faid öffnete den Deckel mit einem spitzen Stein. Die vorgesehene Mechanik war abgebrochen. In der ersten Wüstennacht fror ich. Mein verschlissener Schlafsack war nicht dick genug. Mein Schlafnachbar warf mir eine Decke zu.

In der Wüste

Mein Tagesziel am nächsten Morgen lag einen Tagesmarsch hinter den Sandhügeln, die Stufenpyramide in Sakkara.

Ich füllte meine filzbemantelte Wehrmachtsfeldflasche bis an den Rand mit klarem Brunnenwasser. Das Gehen im Sand machte mehr Mühe als ich dachte. Für einen Kilometer brauchte ich eine gute Stunde. Ich befolgte den Ratschlag der erfahrenen Wüstenwanderer, immer wieder mit einem kleinen Schluck Wasser den Gaumen zu benetzen und den Rest wieder auszuspucken. Welche Verschwendung!

Nach ein paar Wegstunden bestaunte ich mutterseelenallein den Prototyp des späteren Turms von Babylon. Die Stufen zum Himmel von Menschen gebaut? Welche Mächte haben mitgeholfen, Quader für Quader? Die steingewordene Göttlichkeit blieb stumm. Geprüft vom Wüstenwind hält die Spitze Zwiegespräche mit dem Wüstengott.

Ich musste zurück. Die nächtliche Wanderung unter dem beleuchteten Gewölbe begleiteten Geschichten aus der biblischen Vergangenheit.

Nach einem Ruhetag beschloss ich, einen Dreitages-Wüstenmarsch zu einer Oase zu unternehmen. In den Rucksack, gepackt mit Fladenbroten, Ziegenkäse, Fenchelknollen, stopfte ich, aus den letzten Erfahrungen klug geworden, eine Filzdecke.

Die erste Tagesstrecke ersparte mir eine fahrende Rußwolke. Ausgestreckte Hände zogen mich auf die überhängende Fracht, harte Zuckerrohrstengel. Kinder lutschten an der Süße spendenden Frucht. Ich positionierte mich ganz oben am Führerhaus, um die Aussicht zu genießen, lag aber bald flach auf dem kostbaren Ladegut. Selbst mein Schal, ein vorsorgliches Geschenk meiner Gastfamilie, konnte Staub und Sand nicht von Hals und Nase fernhalten. Alle Mitfahrende überzog ein grau-gelber Mantel. Ich verkroch mich unter einigen Bündeln. Die verkratzten Arme nahm ich in Kauf. Kaum zu ertragen, die Stöße und Sprünge. Ich glaube nicht, dass die Federung des Gefährts jemals erneuert worden war. Bei einer Verladestation verließ ich freiwillig meine Mitfahrgelegenheit. Ich zog den Weg zu Fuß vor. Von aufmunternden Rufen begleitet, winkte ich in der festen Überzeugung, das bessere Los gezogen zu haben.

Nach zwei, drei Stunden scheuerte der vollgepackte Rucksack auf dem schweißnassen Rücken. Meine Sandalen waren nicht das richtige Schuhwerk. Der Untergrund steinig und uneben. Ich versuchte, neben der Piste im knöcheltiefen Sand zu stapfen. Die Sandkörner massierten zwischen Socken und Lederriemen die Haut wie Reibeisen.

Am zweiten Tag quälte ich mich beim Laufen. Warum hatte ich keine Fußcreme? Weit und breit kein Fahrzeug. Hätte ich doch wenigstens Turnschuhe angezogen. Ich wartete auf eine Fata Morgana. Am Abend trank ich die letzte Wasserflasche leer.

Am frühen Morgen weckte mich ein Hirte. Ich durfte seinen Esel mit meinem Rucksack beladen. Wir zogen gemeinsam Richtung Oase. Unsere Unterhaltung beschränkte sich auf Zeichen. Geöffnete Hand an den Mund –Trinken, beide Handflächen nach unten – ausruhen, Finger vor den Mund schieben – essen.

Später entwickelte ich mein System weiter. Es half, mich in den entlegendsten Winkeln unserer Erde verständlich zu machen. Das klappte besser als das mühsame Zusammenbasteln von angelernten Wörtern. Die beste Wirkung erzielten schwäbische Schimpfwörter, um sich jemand vom Leib zu halten, und eigenartigerweise verstanden Grönländer und Afrikaner schwäbisches Lob.

Der Aufbruch bedurfte keiner Worte. Die Herde zog in die entgegengesetzte Richtung.

Sträucher belebten die eintönige Landschaft. Ich schaute genauer auf die Zweige der Manna-Tamariske. Die klebrigen Tropfen retteten Mose und sein Volk vor dem Verhungern. Mir schmeckte das „Manna“ nicht besonders – nichtssagend wie Mutters Haferschleimsuppe.

Ich musste weiter. Die stechende Mittagssonne, die wundgescheuerten Füße – ich war am Aufgeben. Gellende Pfiffe, helles Kindergeschrei, keine Luftspiegelung – echte Palmen? Eine Schar Halbwüchsiger rannte mir entgegen. Von einer Kinderhand geführt, begleitete mich das Empfangskomitee zum größten Zelt der kleinen Oase. Obwohl ich niemand kannte, umarmten mich die Männer. Ich war verlegen. Das war mir nie zuvor passiert. Ein Mädchen mit langen nachtschwarzen Haaren balancierte einen Krug Wasser auf ihrem Kopf. Leichtfüßig zog sie an mir vorbei. Eine Hand am Henkel, die andere in die Hüften gestützt, umspülte mich ihre körperliche Anmut. Sicher heißt sie Maria Magdalena.

Die Fleißige bot auf einer meterlangen Platte Reisballen, garniert mit Hammelfleischbrocken, an. Wie Omas Hühner scharten sich die Männer in der Hocke um das Futter. Und genau so gierig wie das Federvieh schnappten die Finger der Hungrigen das Essen und schoben es so schnell in die Mäuler, dass ich gar nicht nachkam. Mein Bild vom orientalischen Gelage, im Liegen über Stunden, war korrigiert. Den eigentlichen Grund erfuhr ich später. Die Beduinen mussten der Feinde oder der Witterung wegen schnellmöglich die Zelte abbrechen. Für Mahlzeiten war nicht viel Zeit.

Das Mädchen reichte eine Schüssel Wasser. Über dem braunglatten Arm hing ein Tuch für die Hände. Die selbstverständliche Art zu bedienen, beeindruckte mich.

Es gab noch zwei Orte, die ich sehen wollte – den Suezkanal und das Schilfmeer. Ich trampte mit einer deutschen Familie bis zum Roten Meer und von dort mit dem Bus nach Ismailia an den Kanal.

Am Kanal

Ein junger, europäisch gekleideter Mann sprach mich an. Er stellte sich vor: Sayed, 23 Jahre, ledig, Kanal-Beamter, seit kurzem arbeitslos und der Minderheit der koptischen Kirche angehörig. Er wetterte über die europäische Kanonenpolitik, die letztendlich zu seiner Entlassung geführt hatte. Die Schuld gab er den Israelis. In Sachen Politik waren wir nicht einer Meinung. Er hielt viel von den Sowjets, die sich gerade für sein Land interessierten.

Meine politische Meinung über die starke Präsenz der Sowjetmacht hielt ich zurück. Ich getraute mich nicht, meine Bewunderung über die Aufbauarbeit der israelischen Siedler auszusprechen. Ich mochte die Ägypter, und Sayed hatte eine besonders liebenswürdige Art.

Schilfsmeergeschichte – Durchzug durchs Meer

Sayed lud mich zu sich ein. Beim Tee fragte ich, ob er die Geschichte von den Hebräern in ägyptischer Gefangenschaft kenne und ob der Name Joseph eine Bedeutung in der Geschichte hätte. Er zog ein Buch aus dem Regal – die Bibel. „Ich bin kein Moslem, ich bin ein Christ!", erklärte er mit ernstem Gesicht. „Wir sind eine Minderheit von ca. 2 Millionen im Vergleich zu 30 Millionen Mohammedanern. Ach ja, die Geschichte von der Flucht!" Er blätterte in dem schön gebundenen Buch, las murmelnd in seiner Sprache einige Zeilen, übersetzte dann auf englisch die Szene von der Rettung der verfolgten Fremdarbeiter. Ich kannte den Text und wünschte, dass dies wirklich so passiert war. Es war doch so eine tolle Geschichte. Ich wusste darum, dass die modernen Exegeten eine andere Auslegung parat hatten.

Ich bat ihn, mit mir die Gegend zu erkunden. Mein Interesse freute ihn. Nach meinen Kenntnissen mussten hier in der Nähe die Hebräer auf der Flucht vor den Ägyptern durchgezogen sein. Sayed besorgte uns Fahrräder. Auf einem festgetretenen Sandpfad erreichten wir nach einigen Kilometern ein schilfig-sumpfiges Gebiet. Unsere Drahtesel hatten bis hierher einen guten Dienst geleistet. Zu Fuß suchte ich nach einer Stelle, an der das wandernde Volk Israels das Gebiet durchqueren konnte. Der Schlamm knöcheltief, an manchen Stellen bis zum Schenkelrand. Eine angenehme Massage unserer müden Beine. Wir erreichten nach gut einer Stunde festen Boden. Ich konnte mir gut vorstellen, dass die schweren Eisen-Kampfwagen der pharaonischen Streitmacht in diesem Gelände nicht vorwärts kamen oder einfach steckenblieben. Endlich verstand ich die Geschichte.

Der unsichtbare und, in den Augen der mächtigen Ägypter, unscheinbare Wüstengott bezwang den erhabenen Sonnenfürsten im

Alleingang. Nach der Rückkehr hockten zwei ausgehungerte und müde Auskundschafter auf dem Damm am Suezkanal.

Beim Abschied empfahl mir Sayed, den Ostergottesdienst seiner koptischen Glaubensbrüder in der Hauptkirche in Kairo zu besuchen. Ich müsste viel Zeit und Geduld mitbringen.

Ostern in der koptischen Kirche

In dem Gotteshaus ging es zu wie in einem Wirtshaus. Es war gut, dass ich noch nicht gegessen hatte. Von allen Speisen musste ich probieren. Mein Nachbar hörte Radio. Die Geistlichen sangen und beteten vor sich hin. Kurz vor Mitternacht, der Übergang zwischen Karsamstag und Ostersonntag, betrat der pompös gekleidete Patriarch, gefolgt von einer Schar singender Priester, das Kirchenschiff. Der Oberhirte schlug energisch mit dem Zepter gegen die Tür des Innenraums. Begleitet vom Jubelgeschrei der Gemeinde betrat der Geistliche das Allerheiligste. Die Auferstehung, eine Party bis in den Morgen hinein.

Amöbenruhr

Ich wurde krank. Mein Körper konnte keine Flüssigkeit halten. Irgendjemand flößte mir einen milchigen Trank ein. Ohne Unterstützung konnte ich den Becher nicht halten. Mein Zeitgefühl war gestört. Tag und Nacht verschwammen ineinander.

Es dauerte ein paar Tage, bis ich mich wieder aufrappeln konnte. Ich verschob mein nächstes Reiseziel, Luxor und Assuanstaudamm.

An den heißen Nachmittagen hockte ich am liebsten in den stillen Schattenecken der Al-Azahar Universität. Die Studenten lasen im Gehen, folgten den geraden Linien der Steinböden.

Ich war überzeugt einer Religion mit inniger Frömmigkeit und tolerantem Wesen zu begegnen. Die natürliche Gastfreundschaft beschämte mich. Dauernd wurde ich eingeladen. Manchmal wusste ich nicht damit umzugehen. Ich hatte doch gelernt, niemandem etwas schuldig zu bleiben.

In der Erinnerung hörte ich eine Nachbarin im Gespräch mit einer anderen Frau sagen: „Es ist doch verdächtig, wenn man zuviel hergibt!" Mutter achtete immer darauf, dass ihr Geschenk dem gleichen Betrag entsprach, wie der Wert des Geschenks, das sie erhalten hatte. Die Grenze nach oben und unten wurde nie überschritten. Nur einmal gab es eine Ausnahme. Die Fabrikantenfrau von gegenüber brachte zu Mutters Geburtstag einen Blumenstrauß, an Größe und Schönheit nicht zu überbieten. Die eigentliche Überraschung aber – ein verschnürtes Döschen mit einer Perlenkette. Das Präsent hielt sie vor Vater geheim.

Heimkehr

Die Überfahrt verlief ruhig. Ob ich wollte oder nicht, holten mich Gedanken über meine Zukunft ein. Entweder sollte ich die 11. Klasse mit Anstand vollenden oder meine Berufsfindung vorantreiben. Der Fehlversuch mit dem Wirtschaftsgymnasium grenzte alle kaufmännischen Berufe aus. Ein handwerklicher Beruf kam dank meiner „Ungeschicktheit" – eine Bemerkung Vaters – nicht in Frage. In den Sommerferien wollte ich eine Entscheidung treffen.

Im Kibbuz

Ich nahm ein Angebot des Evangelischen Jugendwerks an, vier Wochen in einem Kibbuz in Israel zu leben und zu arbeiten. Der Einsatz sollte ein Beitrag zur Versöhnung zwischen Deutschen und Juden sein.

Für die Reisekosten gab es Zuschüsse von kirchlicher und staatlicher Seite. Meine erste Flugreise verlief außerplanmäßig. Ein Motorschaden zwang uns zur Notlandung auf Zypern. Durch mein Fensterchen starrte ich unentwegt nach unten auf die Wasser-Landschaft, endlich Festland – die rettende Insel. Die Landung war einfacher als gedacht. Beim Verlassen der Maschine stürzten Feuerwehrleute zur linken Tragfläche, spritzten aus dicken Schläuchen eine Unmenge Wasser darüber. Eine zischende Rauchwolke antwortete und beruhigte mich. Es erfolgte keine Explosion. Die Stewardess forderte uns zu geordnetem Verlassen der Maschine auf. An einen Weiterflug war nicht zu denken. Zum ersten Mal übernachtete ich in einem Hotel. Welch ein Komfort, und der kostete mich keinen Pfennig.

Der Weiterflug zum biblischen Festland mit der israelischen Airline El Al steigerte meine Vorfreude auf das Land der biblischen Väter. Der blaue Davidsstern am himmelstrebenden Heck, hell wie der Stern von Bethlehem, strahlte mich so zuversichtlich an – es konnte nur gutgehen.

Nach dem Start schenkte mir die schönste Stewardess der Welt ein Glas frisch gepressten Mangosaft ein. Das Getränk kannte ich nicht. Im Wechsel starrte ich über die Schulter meines Sitznachbarn aus dem Rundfensterchen aufs azurblaue Meer und dann wieder auf die schönbraunen Beine der attraktiven Serviererin. Enttäuscht registrierte ich, dass ihr Lächeln allen galt.

Mir fiel ein drahtiger junger Mann auf. Er schritt in regelmäßigem Turnus die Sitzreihen auf und ab. Um mich abzulenken, angelte ich meinen Reiserucksack aus der Gepäckluke, stellte ihn zwischen meine Füße, „kruschtelte" nach einer Lektüre. Der Hinundherwanderer beugte sich über mich, wollte den ganzen Inhalt sehen. Ich verstand nicht, warum ihn meine nichtigen Utensilien interessierten. Seine Bemühungen waren erfolglos. Unter dem offenen Jackett lugte ein ledernes, gefülltes Pistolenhalfter in mein Unschuldsgesicht. Ich beobachtete sein weiteres Tun. Beim Aufundablaufen behielt er die rechte Hand in Brusthöhe auf der ausgebeulten Anzugsjacke.

Der Anflug auf das ersehnte Land wurde angesagt. Ich spähte vergebens nach biblischen Bildern. Tel Aviv eine Großstadt mit den überall gleichen, langweiligen Vorstädten. Beim Verlassen der El Al-Maschine lief ich gegen eine heißstickige Luftwand. Gleißendes Licht stoppte meinen Gang. Ich verharrte auf dem Ausgangspodest. Ein gebückt hetzender Mann, mit mehr Handgepäck als erlaubt, drängelte an mir vorbei die Gangway hinunter, stellte seine

Tel-Aviv – Soldatin beim Ausgang

Beutel und Taschen ab, warf die Arme hoch, jubilierte zu Jahwe in den Heimathimmel hoch, ging auf die Knie, küsste den Boden. Ich schmunzelte. Dem vollbärtigen Heimkehrer rutschte sein Rundkäppchen vom Kopf, landete auf dem ölverschmierten Asphaltboden. Der pflichtbewusste Fromme jammerte über seine verschmutzte Kopfbedeckung. Das Küssen der Muttererde im Gelobten Land hatte ich mir anders vorgestellt. Ob seine Lippen eine saubere Stelle auf dem Teerbelag fanden? Das einzig Interessante in der Stadt, hübsche Mädchen in schicken Uniformen. Eine lächelte unbekümmert in mein erstauntes Gesicht.

Am Nachmittag karrte uns ein betagter Bus an unseren Bestimmungsort, eine abgelegene Siedlung im Süden des Landes, mitten im Gaza-Streifen. Die altbiblische Stadt Askalon lag einen Tagesmarsch weg, am Meer. Unser Quartier am Rande der Wüste Negev, geräumte Armeezelte mit hochgeschlagenen Rändern, stimmte mich auf Abenteuerliches ein. In den Anfängen der Besiedlung lebten die Wehrbauern in den Einfachunterkünften. Großzügig überließen sie uns diese Behausungen als Gästezimmer. Die Kibbuzims bewohnten jetzt barackenähnliche Häuser. Jedes Jahr, vorausgesetzt die Ernte verlief gut, gestattete man den Familien ein bisschen mehr Luxus. Im Jahr davor wurden Radios angeschafft, in diesem Kühlschränke, um endlich Getränke kalt genießen zu können.

Zu den Mahlzeiten trafen sich alle Dorfmitglieder im Gemeinschaftsgebäude. Das Essen passte zur Hitze: viel Gemüse, Joghurt, mageres Fleisch und frische Säfte. Ein sauersüßes Getränk kannte ich nicht. Mein Nachbar zeigte mir die Frucht und erklärte stolz: „Unsere Erfindung – die Grapefruit, eine Kreuzung aus Orangen und Zitronen. Ich wusste ja schon, dass mich keine Schnitzel erwarteten, wunderte mich aber, dass in unserem nicht orthodoxen Kibbuz, alle Mahlzeiten peinlich genau „koscher" gekocht sein mussten. Wie streng es wohl dann in einem orthodoxen Kibbuz zuging? Wie konnten so viele Zusatzverordnungen eingehalten werden? Das hätte mich schon interessiert, aber wir wären bei den „Ultras" sowieso nicht aufgenommen worden.

Jedes Kibbuz stimmte über die Aufnahme Fremder ab. Wir Deutsche wurden nur in Ausnahmefällen zugelassen. Unsere Dorfgemeinschaft machte mit uns einen Anfang. Ich fand, es ging hier lockerer zu als zu Hause. Die dunkelhaarigen Mädchen tanzten und flirteten ungeniert, trugen knappe Bikinis und machten kein Geheimnis um ihr Anliegen. Das Erstaunlichste – ein Mädchen mit Käppi patrouillierte am Abend im Gelände. Ich sah genauer hin. Quer über der eng geschnittenen Bluse drückte der Lederriemen ei-

Wachablösung

ner MP ihre weiblichen Konturen ins Abendlicht. Die Waffe hing über der Schulter. Am frühen Morgen, wir wurden um 4 Uhr 30 geweckt, stiefelte die Wächterin an unserer schlaftrunkenen Gruppe mit schussbereiter Waffe vorbei. Vor ihr zwei Männer mit hinter dem Nacken verschränkten Armen. In der Mittagspause unterrichtete uns der Verantwortliche über den nächtlichen Vorfall. Die aufgestöberten Eindringlinge waren gerade dabei, im offenen Kuhstall Feuer zu legen. Dabei wurden die Übeltäter von dem Mädchen erwischt und festgenommen. Welche Demütigung für die palästinensischen, männlichen Brandstifter, von einer weiblichen Miliz gefangen genommen zu werden! Ich fragte die Tapfere, wie gut sie mit der Waffe umgehen könnte. Das hätte ich nicht tun sollen. Am späten Nachmittag, die größte Hitze war vorbei, fuhren wir mit dem Jeep in die Einöde hinaus. Wir schossen im Wechsel auf ein mitgebrachtes Schild mit einem roten Kreis in der Mitte. Ich war der Verlierer. Trotzdem küsste sie mich. Ihr Kuss brachte mich noch mehr aus dem Gleichgewicht.

Mit den Temperaturen am Rande der Negevwüste taten sich alle Gruppenmitglieder schwer. Gleich am ersten Tag erwischte ein ziemlich blondes Mädchen ein Hitzschlag, der ihr übel zusetzte. Ich befolgte den Rat, draußen immer einen Kibbuzhut zu tragen nicht. Meine Locken waren zu stolz, das komische Textilrund aufgesetzt zu bekommen. Richtig heiß wurde es erst ab 11 Uhr. Die letzte Stunde bis zur Beendigung der Arbeitszeit um 12 Uhr quälte mich die Sonne mehr als ich dachte. War ich doch der Meinung, Hitze gut zu ertragen. Morgens, wir fuhren um 5 Uhr aufs Feld, brauchte ich Hemd und Jacke. Wir holperten mit einem Traktor auf einem Pritschenwagen an langen Reihen verschiedenster Südfrüchte vorbei.

Unser Einsatzort begeisterte mich nicht. Es roch wie zu Hause am Sonntagmorgen beim Zubereiten des Sonntagbratens. Welch unverschämtes Glück, rechtzeitig zur Zwiebelernte zu kommen! Das Feld reichte bis zum Horizont, füllte den himmlischen Suppentopf mit seinem vitaminreichen Inhalt. Auf den Zwiebelfeldern von Askalon wurde schon in altbiblischer Zeit das unentbehrliche Gemüse angebaut. Unser israelischer Vorarbeiter meinte belustigt, dass ein Großteil der Ernte ein deutscher Suppenhersteller abnimmt. Wir sollen doch beim nächsten Suppenlöffel eine Gedenkminute einlegen.

In der Frühstückspause inspizierte ich die danebenliegende Bananenplantage. Über den Stauden sprühte aus gelöcherten Röhrchen kostbares Nass. Ich bewunderte das ausgeklügelte Bewässerungssystem. Eine Gruppe jemenitischer Ankömmlinge kam dazu. Für die Einwanderer war die Verschwendung der lebensnotwendigen Substanz unfassbar. Ein dunkelkräusliger Junge stellte sich unter die tropfenden Blätter. Den Kopf nach hinten, die Zunge herausgestreckt, leckte der Durstige an dem köstlichen Nass. Die Kibbuzims lachten. Ein Mädchen schickte den Bub zu einem meterhohen Rohr am Rande der Plantage. Ratlos stand der Gefoppte vor dem Gestänge. Er ging auf die Knie, wühlte im Boden, warf mit beiden Händen Sand um und über sich. Um den Eisenstab blieb es trocken. In seiner Wüstenheimat kam das Wasser aus dem Boden. Wütend riss er an dem Rohr, bog es mit aller Gewalt nach unten. Das Wasser spritzte aus der Erde. Der Wasserhahn blieb unbenutzt.

Ich gab meinem Kibbuzmädchen zu verstehen, dass es da nichts zu lachen gebe. Sie führte mich zu einer Kakteenhecke, zeigte auf die birnengroßen Auswüchse, deutete mit einer an den Mund geführten Handbewegung die Essbarkeit der ledernen Frucht an. Meine Eva nickte grinsend. Ich griff nach dem Apfel, zuckte zurück. Winzige Stacheln staken in meiner ungeschützten Hand. Die Verführerin grinste, spießte mit dem Armeemesser die Kakteenfrucht auf, hielt sie zwischen Mittelfinger und Daumen der linken Hand, ritzte die nicht essbare Haut mit dem Messer in der Rechten auf, drückte das Innere heraus und steckte mir ungefragt die Matsche in den Mund. Das Fruchtfleisch schmeckte interessant. Ich konnte den Geschmack nicht einordnen. Meine Gönnerin half nach: „Wir Israelis sind nach außen hin stachelig wie die Sabres, wir können aber auch so süß wie das Innere der Frucht sein!" Die Symbolik gefiel mir.

In der Gründerzeit erklärten die Siedler die Wüste zu einer fruchtbaren Region. Erfolgreich blühten Baumwollfelder, gedieh Gemüse. Darauf waren die ehemaligen Kaufleute und Gelehrte besonders stolz. Eine ulkige Begebenheit kursierte am Lagerfeuer. Bei der Urbarmachung lagen viele Steine im Weg. Zwei ältere Männer quälten sich mit deren Beseitigung ab. Der etwas jüngere Brillenträger reichte seinem Nebenmann einen fußballgroßen Stein zur Beförderung mit der Bemerkung: „Bitte schön Herr Professor, er ist ein bisschen schwer." Die Antwort: „Danke schön Herr Doktor, ich werde mich bemühen!"

Die wenigen, alteingesessenen Bewohner des unwirtlichen Gebiets kümmerte der bäuerliche Eifer der neuen Einwanderer wenig. Ein älterer Beduine aus der Umgebung trieb seine Tiere über das gewohnte Terrain. Ein Krautfeld am Rande des Weges gefiel den Schafen besser als die dornigen Sträucher der Umgebung. Alarmiert raste eine Kibbuzimwache mit dem Jeep zum Tatort, erschoss im Vorbeifahren wahllos einige Tiere. Dem Hirten nützte sein schön

Ein fröhlicher Verein – jüdische Mädchen aus dem Jemen

verzierter Dolch an seinem langen Rock nichts. Den Rest der Herde trieben die Erbosten in die Weite hinaus. Die Kibbuzim verlangten vom Hirten eine Entschädigung für die verspeisten Kohlköpfe. Der alte Mann verstand das Rechtssystem nicht, schüttelte den Kopf, lief ohne seine Tiere weg. In der Mittagsversammlung wurde der Fall erörtert. Der Leiter plädierte für Straffreiheit und fragte in die Runde, wer von uns die restliche Herde bewachen könnte.

Ich meldete mich. Endlich war ich die öde Gleichmäßigkeit der Erntearbeit los. Mit einem stabilen Stock bewaffnet, schritt ich ins unbekannte Land. Es roch nach Abenteuer. Die Tiere waren weit

Und los geht's – zur Arbeit auf den Feldern

auseinander gelaufen. Auf der Suche nach Futter legten die Vierbeiner weite Entfernungen zurück. Ich war ständig am Zusammentreiben. Ermüdet hockte ich auf einen Felsbrocken und wartete auf Ablösung. Gedankenverloren stieß ich mit dem Stock gegen einen Stein. Eine kleine Schlange zischte hervor. Ohne Nachzudenken schlug ich mit dem harten Holz auf den Kopf des Tieres ein. Am Abend kam meine Wachablösung. Der Kibbuzim schaute sich die Schlange an. Es war eine Viper. Das Tier rührte sich nicht mehr.

Eine Woche zuvor wurde eine Stunde von meinem Standort entfernt ein 16-jähriger Junge auf seinem Traktor von einem Heckenschützen erschossen. Das alarmierte Militär umstellte mit Panzern das nächste Dorf und zerstörte einen Teil der Siedlung. Das „Auge um Auge"-Gesetz praktizierten beide Seiten. Ich wagte nicht, weiter nachzufragen, ob spielende Kinder von den Einschlägen getroffen wurden.

Die schönere Seite im Kibbuz: Freizeit. Nachmittags konnte jeder tun und lassen, was er wollte. Es gab einen kleinen Swimmingpool und schattige Bäume. Die Freizeitangebote am Abend begeisterten mich. Ich lernte Basketball spielen. Nicht ganz so geschickt stellte ich mich beim abendlichen Tanz am Lagerfeuer an. Beim Reigentanz fassten sich alle an den Schultern. Meine Tanzschritte stimmten nicht so ganz mit denen der Akteure überein. Nach drei Wochen hatten wir unser Zwiebel-Soll erfüllt. Ich glaube einen Güterwaggon habe ich allein gefüllt.

Natürlich arbeiteten wir nicht gegen Geld. Unsere Entlohnung, eine Rundreise durch das Land, entschädigte uns reichlich. Mich beeindruckte das steinfarbene Galil, die Heimat Jesu, die kleinen Flachdachhäuser wie zu biblischen Zeiten. Eine alles überdauernde, gleich gebliebene Kargheit. Kein Wunder, dass die Römer einen von dort, der sich als König der Juden ausgab, verspotteten. ER gehörte zu den einfachen Leuten, sprach und lebte in deren Denkweise, ein himmelweiter Unterschied zur Oberschicht der Schriftgelehrten. Seine Einstellung zum Besitz verärgerte die Reichen. Der schlichte Wanderprediger kam gern an den See Genezareth. Ein wohltuender Gegensatz zur Heimat.

Die idyllische Umgebung überraschte mich. Rosen blühten, das Wasser schwimmwarm. Ich übernachtete allein am Seeufer. Sterne, lauwarme Luft, Fischerboote. Ein Höllenlärm störte das Hinübergleiten in den Schlaf. Am Himmel spielte sich Seltsames ab. Düsenjäger spielten „Fangerles". Eine Maschine jagte dem Vorausstürmenden nach, schleuderte einen roten Blitz ins Genick des Fliehenden. Im Armeebericht stand: Feindlicher Jäger – syrische MIG – überflog in der Nacht unseren Luftraum. Eine Abfangmaschine der israelischen Luftwaffe schoss den Eindringling ab.

Um mich herum versammelten sich aus dem Schlaf Geweckte. Die Israelis klatschten und behaupteten, ihre Piloten seien den Arabern weit überlegen. Außerdem besäße die Luftwaffe Maschinen, die französische Mirage, umgebaut von israelischen Ingenieuren, die technisch einige Nasenlängen besser als die russischen wären. Der Ort des Geschehens war die schmalste Stelle des kleinen Lands. Ganze 30 km von einer Grenze zur anderen.

Jerusalem

Das Ende unserer Reise, die geteilte Stadt Jerusalem, sollte zugleich der Höhepunkt sein. Die biblische Vergangenheit holte uns gleich beim Betreten unseres Quartiers ein. Wir wohnten im Jugendhotel König David. Nachmittags suchte ich die Grabstätte des biblischen Helden auf. Eine bescheidene Steinhöhle, ein paar brennende Kerzen, der Raum mühsam erkennbar. Warum ruhte die bedeutendste Gestalt der Vergangenheit nicht in einem ordentlichen Mausoleum?

Am nächsten Tag nützte ich die freie Zeit. Beim Herumstreifen sah ich ein Warnschild: Hier beginnt das Niemandsland der geteilten Stadt. Betreten verboten! Ein Junge spielte mutterseelenallein mit seinem Ball auf der leeren Straße. Trotz des Hinweises traute ich mich einen Straßenzug weiter. Als Indianer wusste ich mich anzuschleichen und die Deckung zu nützen. Das Adlerauge spähte durch zerstörte Fassaden hinüber ins Feindesland. Gegenüber lag in

Spielen im Niemandsland

Das geteilte Jerusalem – Scharfschützen auf der anderen Seite

der Mittagssonne ein stabiles Steingebäude, gleichmäßig schön, dekoriert mit Einschusslöchern. Aus einer Fensterluke blinkte Metall. Ich zog den Kopf ein und beäugte aus dem Schattenwinkel mein Gegenüber. Auf der Fensterbank türmten sich Sandsäcke. Hinter der Verschanzung tauchte eine Uniform auf. Sollte die fuchtelnde Bewegung ein Willkommensgruß sein? Hoffentlich stimmte meine Deutung. Beim Hochsteigen zu der Wehrburg kam mir ein Soldat entgegen. Er schimpfte in hebräisch, winkte mich nach unten. Ich wollte ihn nicht verstehen und bat auf englisch, einen Blick von oben auf das Stadtgebiet werfen zu dürfen. Ohne Kommentar nahm er mir meinen schussbereiten Fotoapparat ab, deutete nach oben

Im orthodoxen Viertel – Sabbath – Fotografieren verboten, hau ab!

und gestattete einen Blick durch sein Fernrohr auf das gegnerische Gebäude. Auf der gegenüberliegenden Seite lugte aus einer Schießscharte eine fremde Uniform. Der Verteidiger der anderen Seite sah jung aus. Ich wollte winken. Mein Beschützer drückte mich an der Schulter nach unten, zog mich rückwärts, gab mir meine Kamera zurück und zeigte mit unmissverständlicher Geste, dass ich gefälligst das Fotografieren unterlassen solle. Er ahnte nicht, dass meine Bilder schon im Kasten waren. Den Rat des Soldaten hätte ich am nächsten Tag befolgen sollen.

Mich interessierte das Viertel der Rechtgläubigen. Alle männlichen Bewohner, weibliche sah ich keine, trugen Schwarz,: Hut, Mantel, Hose. Die gekringelte Locke stand in lustigem Gegensatz zu dem ernsten, abweisenden Habitus. Das wollte ich festhalten.

Lebensrettung verboten!

Vor meiner Linse wedelten Hände. Eine Faust zerrte am Lederriemen meines Fotoapparates, zog mich mit einem Ruck nach hinten. In der Schieflage stolperte ich über einen Stein, fiel in den Staub. Ich rappelte mich hoch, drohte mit meiner Faust. Die Halbwüchsigen wichen zurück. Ich hatte Glück gehabt. Eine Woche zuvor kippten Jugendliche das Auto eines Touristen um. Der gehbehinderte Fahrer kroch mit Müh und Not durch die Autotür. Er wurde sofort mit Steinen beworfen. Er hatte so wenig wie ich an die strengen Sabbatregeln gedacht.

Vor einem Haus gab es einen Auflauf. Am Hauseingang umringten Männer einen Krankenwagen. Zwei Pfleger schleppten auf einer Bahre einen halbwüchsigen Jungen die Treppe herunter. Eine Gruppe Bärtiger versperrte den Ausgang. Eine Frau, ich denke die Mutter, jammerte laut. Ich fragte einen jungen Mann, der auch zuschaute, was das zu bedeuten hätte. Er erklärte mir, es gäbe ein Gebot, das verbiete eine Bluttransfusion vorzunehmen. Die Gruppe der ultraorthodoxen Juden würde das alttestamentarische Blutgesetz wörtlich befolgen. Diese frommen Männer wären der Zahl nach eine lächerliche Minderheit, hatten aber im Parlament erheblichen Einfluss.

Das Handeln und Denken in unserem Kibbuz unterschied sich deutlich von dem der ultraorthodoxen Juden. Mir gefiel das Leben in dieser Gemeinschaft. Das Prinzip der Gleichverteilung, sowohl der Konsumgüter wie auch der Rechte, imponierte mir. Ich überlegte, ob ich nicht ein Kibbuzim werden sollte.

Das kleine Volk Israel brauchte Unterstützung im Kampf gegen die Übermacht der Feinde. Wie tapfer dieses Volk seine Existenzrechte verteidigte, der Wüste Land abgewann und trotzdem seine kulturellen Werte hochhielt. Mein Schreiben an die zentrale Kibbuzverwaltung wurde mit einem klaren Nein beantwortet. Später erfuhr ich, dass im israelischen Parlament die einhellige Meinung herrschte, keine „Söldner" aufzunehmen.

Berufsfindung – Was soll ich werden?

Mein gegebenes Versprechen, in einer der langen Krankenhausnächte für Gott und die Menschen etwas zu tun, war noch nicht eingelöst. Schließlich hätte meine Geschichte viel schlimmer ausgehen können.

Ich befolgte den Vorschlag meines Reli-Lehrers, in der Kirche zu arbeiten. Mit dem Pädagogen hatte ich mich angefreundet. Er erzählte von seinen abenteuerlichen Reisen durch Kleinasien, auf den Spuren des Apostels Paulus. Beide verfügten über die gleiche Begabung, Menschen mit Worten zu überzeugen. Mein Lehrer hatte ein gemütliches Äußeres und die Fähigkeit, sich in junge Leute hinein zu denken. Ich beschloss in seine Fußstapfen zu treten. Zur Belohnung lud er mich auf eine Reise nach Südfrankreich mit Zelt und Kocher ein.

Der erste Höhepunkt, die Steinzeithöhlen von Lascaux. Die Geschichte von der Entdeckung der steinzeitlichen Wand-Malereien durch spielende Kinder ging als die Sensation durch die Presse. Beim Besichtigen der Kritzeleien gab es keinerlei Schutzmaßnahmen zum Erhalt der Malereien. Mein Reisebegleiter hielt mich davon ab, den Frühwerken menschlicher Kunst zu nahe zu kommen. Wie solch einfache Menschen die Tier- und Jagdwelt so gekonnt an die Höhlenwände bannten? Ich erwarb einen Farbdruck, der lange meine Zimmerwand zierte.

Unser Hauptziel, die Camargue, war touristisch kaum erschlossen. Wir durchstreiften die Weidegebiete der wilden Pferde. Beim Aufstellen der Zelte in der Dämmerung begriffen wir, warum uns kein Mensch vertrieb. Stechmücken, ich glaube es waren Millionen, machten uns das Leben schwer. Die nächste Nacht verbrachten wir am Strand von Saintes Maries de la mère. Die Zigeunerhochburg geigte uns in der Nacht auf.

In meinem örtlichen CVJM (Christlicher Verein junger Männer) in Winterbach wurde meine Entscheidung, in den kirchlichen Dienst zu treten, mit Freude aufgenommen. Der Leiter bat mich, mir zu überlegen, ob ich nicht meine Ausbildung in Kassel bei der CVJM-Jugendsekretär Schule machen wolle. Ich ließ mir die Unterlagen kommen und verschob meine Entscheidung auf das Ferienende.Trotzdem lud mich mein CVJM ein, kostenfrei zum Kirchentag in Berlin zu fahren.

Kirchentag

Jugendliche aus der Bauern- und Handwerkerschicht. Die Anständigkeit selber – keiner rauchte oder trank im Übermaß Alkohol. Die Kleidung, die Gebärden und Sprache – keiner fiel auf. Die Farbenskala eingeengt auf das, worauf Mutter schon Wert legte: Kleidung sollte „verhalten" sein und die Farben „gedeckt", vor allem in der Öffentlichkeit.

Mutter, das emsige Mäuschen, der Farbe der putzigen Tierchen angepasst, vertrat die Devise, Unscheinbarkeit ist eine christliche Tugend. Ihre Auftritte in der Öffentlichkeit: alle erforderlichen Pflichten gewissenhaft erfüllen, schnell wieder verschwinden. Wurde Mutter eingeladen, verkündete sie bei der Begrüßung: „Ich muss aber bald

Mutter – Heute trage ich mein bestes Kleid.

wieder gehen." Ihren Hut behielt die Husch-Husch-Maus an. Einmal sprang sie über ihren Mäuseschatten, kaufte in einer gewagten Farbe ein Kostüm. Kein Schwarz, kein Grau, ein helles Beige! Die Tante aus Stuttgart half da ein bisschen nach. Die rosa Bluse, die in den Augen der Städterin doch so gut dazu gepasst hätte, schlug die Unauffällige aus. Sogar Vater meinte, sie könne ruhig noch einen

Farbton zulegen. Hatte nicht die Frau Pfarrer im Frauenkreis darauf hingewiesen, dass in kirchlichen Kreisen die Zeiten der gedeckten Farben vorbei wären. Mutter blieb ihren Tönen treu, zumal die Frau Pfarrer gar keine Schwäbin wäre, zuviel schwätze und zu wenig schaffe. Die gäbe kein gutes Beispiel ab. Außer ihrem „Aufzug“ leuchte da nichts!. Mir, ihrem Bua, brachte Mutter rechtzeitig bei, dass das übertriebene Wertlegen auf Äußerlichkeiten verwerflich sei. Sie wünsche sich einen Sohn, der durch seine Bravheit auffällt. Allerdings erlaubte Mutter mir, entgegen ihren eigenen Auflagen, Blau zu tragen. Das passe zu meinen Augen, ein Gottesgeschenk fürwahr, wie die so schön blau strahlten. Die Aufgabe, mich in der Gottesfarbe auszustatten, fiel der Tante zu. Der taubenblaue Popeline-Anorak aus dem teuren Stuttgarter Kaufhaus stand mir wirklich gut. Mutter war zufrieden, dass die Tante kein schreiendes Blau ausgesucht hatte. Bravblau schlägt Kriegsgrau! Mein neues Farbendesign fand Nachahmer in den kirchlichen Jugendkreisen. Wohlgerüstet an Leib und Seele stiegen wir Landkinder in den Bus.

Auf dem Kirchentag in Berlin flatterten meterlange Fahnen in der heiligen Farbe an den Außenanlagen des Geländes und vor den Eingängen der Hallen. Ich kannte die Kirchenfarbe vom Kindergottesdienst. Der Helfer hatte uns erklärt, warum an diesem Tag der Altartisch und die Kanzel in lila geschmückt wurde. Epiphanias, das Fest der Erscheinung, verdiente die außergewöhnliche schöne Farbe. Die aufwendige Herstellung in früheren Zeiten aus der Purpurschnecke machte aus dem Tierprodukt eine königliche Farbe. Um die Bedeutung zu verstärken, stützte der Erklärer beide Handflächen auf die Kostbarkeit. Ich erschrak. Dunkle Schweißflecken beschmutzten das Wertvolle. Der Erzähler besah das Missgeschick, beruhigte mich mit dem Hinweis auf die heutige, doch so einfache, synthetische Herstellung der unvergleichlichen Farbe. Für mich bedeutete die Farbe weiterhin etwas Besonderes, nicht für den Alltag bestimmt. Der Farbton schreckte und ermahnte mich, an das Höhere zu denken.

Zwischen den Scharen der Besucher leuchtete mein Lila am Hals junger Mädchen. Die Verwegenen lachten lauter als meine Reisegenossinnen, traten bei den Plenumsdiskussionen ungeniert ans Mikrofon, fragten frei redend die Referenten aus. Meine Bewunderung hielt sich in Grenzen. Mir war das selbstbewusste, unbekümmerte Auftreten der weiblichen Scharen unheimlich. Sollte ich mich messen? Warum trugen die Unbekümmerten lila Tücher? Die Farbe forderte doch Zurückhaltung! Der Ehne hätte gerügt: „S'Lebe isch koi Spass, ond dr Glaube isch koi Spielwies!" Das ständige Gelächter, meine Busgenossen ließen sich auch anstecken, schreckte mich ab. Die ungewohnten Spaßaktivitäten, es gab Singspiele und Reihentänze, animierten mich nur am Rande.

Ich wich geschickt aus – in den Osten der Stadt. Da herrschten das bekannte Grau und das verbissene Tun, mit dem ich aufgewachsen war. Die erste Hürde, der Zwangsumtausch am Grenzübergang, brachte meiner D-Mark unerwartete Vorteile.

Besichtigen macht hungrig. In einem altmodischen Café bestellte ich eine Portion Kakao und Kuchen. Es kostete nichts, unverfroren legte ich nach, aß noch ein süßes Stückle und eine Cremetorte. Der Betrag so gering, dass sogar der schwäbische Junge gezwungen war, ein anständiges Trinkgeld zu hinterlassen. Beim Speiseeis an der Ecke lohnte sich keine Nachbestellung, nicht der Pfennige wegen, es waren die Sandkörner, nein, Sand ist zu groß, eher der Schleifpapierbelag mittlerer Größe. Es war das erste Eis, das ich nicht fertig schleckte, obwohl ich nie „schleckig" war. Auch die Konsistenz der Tüte – wie Packpapier, einfach ungenießbar. Ich hatte kein schlechtes Gewissen, den nächsten Abfalleimer zu benutzen. Altes Brot hätte ich nicht weggeworfen! Was sollte ich mit dem vielen Geld anfangen? Ich musste 20 Westmark mal sieben ausgeben. Bei der Frage nach Einkaufsmöglichkeiten verwies mich eine ältere Frau auf einen unansehnlichen Betonkasten. Der ganze Ostteil der geteilten Stadt sah nicht gerade freundlich aus. Der Stadtplaner liebte die Farbe Grau. Die Versteck-mich-Farbe wurde in großen Mengen hergestellt und kübelweise aus dem Parteihimmel ausgeschüttet. Der Rest ausgekratzt und als Make up der Bevölkerung verkauft.

Die Spielzeugabteilung veränderte meine Stimmung. Das Angebot an Holzgeschnitztem begeisterte mich, besonders das freundlichhelle Ahorn der Pferdegespanne und Leiterwagen. Warum griff ich nicht zu? Das tat ich dann in der Buchhandlung. Ich erstand kiloweise russische Klassiker und vergaß das Gewicht.

Am Abend sinnierte ich bei der Rückfahrt in der S-Bahn über meine Eindrücke. Das andere Deutschland! Was war das andere? Ich dachte an die Oma auf der Bank, mit der ich einer Wegbeschreibung wegen ins Gespräch kam. Ihre knappen, präzisen Angaben erinnerten mich an meine Oma.

Die Aktionen auf dem Kirchentag verhießen Aufbruch – Umbruch. Eine Kirche auf neuen Wegen. Der Vortrag eines Religionsphilosophen aus einem sowjetischen Bruderstaat ließ mich aufhorchen. Er sprach über einen urchristlichen Kommunismus, übertragbar auf die Jetztzeit.

Eine verwerfliche Idee im schwäbischen Denken. Sagte doch mein frommer Vorfahr mit fester Überzeugung: „Auf dera Welt wird's emmer ohgrecht zugange!" Der Ehne glaubte, dass wir an den Zuständen dieser Welt nicht viel ändern können. Er nahm es gottergeben hin, dass die Reichen reich sind und die Armen nie reich werden. Es sei keine Frage, die Armen vor dem Verhungern zu bewahren, auch solle jeder die Möglichkeit haben, sein Brot zu verdienen. Wer mit seinem Gott im Reinen ist, brauche keine Partei mit ihren ewigen Zänkereien. Kurz und gut, der Mensch solle nicht am Räderwerk Gottes drehen. Der Ehne kannte seine Bibel und die Geschichte der urchristlichen Gemeinde ging an seinem Kopf auch nicht vorbei. Seine Gedanken über Besitz und Verteilung: „Mir gebet, was mer geba kennet ond mitnemma ka mr sowieso nix!" und „Das Versparte bleibt wo's isch!" Der Ehne hatte verdientermaßen seinen festen Platz im Himmel. Dort thronte der Glaubensfels in seinem Ohrensessel neben seinem Gott, dem er ab und zu einen Rat gab. Die beiden verstanden sich gut – da oben. Die moderne Welt da unten ging sie nichts mehr an. Keiner begriff, warum trotz Fortschritt, die Menschen sich soviel Leid antaten. Der Sohn Gottes unternahm einen verzweifelten Versuch, die Menschen zu versöhnen – das Ergebnis sprach nicht dafür.

Als geübter Einzelgänger verbrachte ich die Restwoche tagsüber bei theologischen und ethischen Vorträgen. Abends besuchte ich inhaltsschwere Theateraufführungen. In einem Experimentierstück eines Avantgardisten flogen tomatenbesudelte Spaghetti in meinen Schoß und auf meine Knie. Ein junger Akteur warf das Gedärm aus dem geöffneten Magen einer weiblichen Person ins Publikum. Die junge Frau lag auf einem Holztisch, wand sich röchelnd. Eine Armlänge trennte mich von der Sterbenden. Das Erstaunlichste, die Arme lag halbnackt auf einem lila Tuch. Mein Abscheu über die vulgäre Provokation verwandelte sich in wildes Begehren. Ich verliebte mich in den alabasternen Leib. Die nackte Haut und der edle Stoff krönten die Daliegende zu einem Himmelwesen. Die Verbindung zum lila Kirchentag verblüffte mich.

Zwei Jahrzehnte später tat eine Generation von Aufbegehrenden meiner Gesinnung Ungeheuerliches an. Lila – die Farbe der Gegenbürgerlichkeit. Ich war bei meinem Freund eingeladen. Stolz präsentierte er mir seine Antwort auf die Stilmöbelgemütlichkeit seiner Nachbarschaft. Es gab keine Wände zwischen den Zimmern. Alle Türen ausgehängt, auch die vom Klo. Die einzigen Abtrennungen, Vorhänge in Lila neben und über mir. Das Tuch über mir hing durch, wie der Baldachin über dem Papst bei hohen Kirchenfestlichkeiten. War es die Farbe der Unterdrückung oder der Befreiung? Seine derzeitige Freundin lümmelte wenig bekleidet in Sichtweite auf einer lila Couch. Die Farbe und die Frau verloren ihren Reiz.

Ich vergaß die Farbe Lila. Bis mir eines Tages, gut ein Jahrzehnt später, die Unfarbe ins Herz stach – mich verwirrte. Es war an einem dieser vielen Fortbildungswochenenden, zu denen ich als kirchlicher Angestellter ständig abkommandiert wurde. Diesmal an der PH in Reutlingen. Das Thema: Umgang mit schwierigen Kindern im Unterricht. Ich packte eine Lektüre ein, um gegen auftretende Langeweile gewappnet zu sein. Das Lesematerial blieb in der Mappe. Die Vortragende schritt in lila Stöckelschuhen, umhüllt von lila Tüchern und Schal, darunter ein gleichfarbenes Kostüm und kaum zu erraten, öffneten lila Lippen den Mund zur Begrüßung. Habe ich die lila Handschuhe vergessen? Und verdammt noch mal, es sah gut aus. Meine Hand tastete die verschiedenen Lilas ab. Elegant – geschmackvoll – leicht übertrieben. Auf einen Schlag führte meine Antifarbe mich in einer lila Wolke in den Lilaliebeshimmel. Es gab noch einen Konkurrenten. Wolle Kriwanek, angehender Sonderschullehrer und Liedermacher, schuf einen Lilagedächtnissong: „Die LILA TILLA"

Wieder zu Hause, entschloss ich mich, in die Diakonenanstalt Karlshöhe einzutreten. Mir gefielen die vielseitigen Einsatzmöglichkeiten: Jugendwart – Altersheimleiter – Gemeindediakon –Katechet – Pflegedienst – Wohlfahrtspfleger.

Meine Ausbildungsstätte

Mit meinen siebzehn Jahren war ich der weitaus jüngste Anwärter. Die anderen kamen aus einem Handwerk, hatten die Meisterprüfung abgelegt, einige Berufsjahre hinter sich und waren im Schnitt 10–20 Jahre älter und meistens schon Familienväter.

Die Ausbildung dauerte fünf Jahre. Drei Jahre Theorie und zwei Jahre Praktika in verschiedenen sozialkirchlichen Einrichtungen.

Meine erste Praktikantenstellung wurde mir vom Direktor zugeteilt. Mit der Aufnahme akzeptierte ich das Sendungsprinzip. Eine Stunde später begann ich meinen Einsatz vor Ort in einer Einrichtung für Körperbehinderte. Nach einer kurzen Vorstellung teilte mich der Pfleger einem Jungen zu. Zeit zur Anleitung gab es keine. Das Abendessen war im Gange. Ich hatte keine Ahnung von den eingeschränkten Bewegungsabläufen der Behinderten. Es gab Suppe. Ich zwängte dem Jungen den vollen Löffel zwischen die halbgeöffneten Lippen. Die Flüssigkeit lief am schrägen Mundwinkel zurück. Ich versuchte den Rest aufzufangen. Der Junge patschte mit seiner ungelenken Hand in den Teller. Der Inhalt ergoss sich über sein Hemd und seine Hose. Der Oberpfleger war von meinen Bemühungen nicht angetan. Bei ihm klappte die Fütterung. Mit Geduld und freundlicher Zusprache versorgte Bruder Fritz die Pflegebedürftigen. Ich zwang mich weiterzumachen. Eine Praktikantin gab mir den Tipp, das nachfolgende Menü mundgerecht, so wie bei kleinen Kindern, meinem Hungrigen zu reichen. Ich schnitt das Fleisch in ganz kleine „Bröckele". Der Junge fischte nach der

Gabel, ruderte in der Luft, stieß wie ein Stuka auf den Teller. Die Trefferquote 3 : 1! Klappte das Aufspießen, beförderte er mit der Gabel das Geschnittene mit einer ruckschnellen Ausholbewegung Richtung Mundöffnung. Ich sah keine Kaubewegung. Wie gelang es dem Behinderten, mit seiner nach außen verdrehten Faust den Messergriff zu halten? Daumen, Zeige- und Mittelfinger krümmten sich wie Habichtskrallen. Der starre, ausgestreckte Arm zeichnete im Gleichmaß einen Halbbogen. Das Pendel schaffte einen versöhnenden Ausgleich für die Ungleichheit der anderen Bewegungsabläufe. Das bisschen Körper schüttelte sich in kleinen Zeitabständen, signalisierte den Helfern, siehe mein Elend. Ich möchte das Richtige tun, aber es geht nicht!

Die Nahrungsaufnahme dauerte seine Zeit. Wir brauchten eine halbe Stunde länger als die anderen, um den Teller zu leeren. Mit einem langen Aufschnaufer bekundete ich meine Zufriedenheit. Der Junge gurrte wie ein Täuberich. Die Praktikantin quittierte meinen Erfolg mit einem Lächeln. Bei der letzten Aufgabe, dem „Richten für die Nacht", schaute ich dem Pfleger zu, was zu tun ist. Ich wollte meiner Aufgabe gerecht werden. Entschlossen zerrte ich das Rückenteil vom Hemd über den Kopf. Ich dachte weder an den Reißverschluss noch an den angewinkelten, starren Arm. Meine Unbedachtheit löste einen entsetzlich tierischen Laut bei dem Gequälten aus. Eine Haarsträhne verwickelte sich im Reißverschluss. Die Helferin half mir aus der Patsche. Das Unterhemd streifte ich ohne Schwierigkeiten herunter. Beim Anblick des knochigen Oberkörpers wurde mir übel.

Am nächsten Morgen bat ich den Brüderältesten um Versetzung. In der Verwaltung war der Telefondienst verwaist. Es gab nicht viel zu tun. Beim Lesen meiner Lektüre störte mich der Verwaltungschef. Auf die Frage, was ich hier tue, antwortete ich wahrheitsgemäß: „Ich warte auf den nächsten Anruf!" Rot im Gesicht schrie er: „So eine Unverschämtheit ist mir noch nicht vorgekommen! Das lasse ich mir nicht gefallen und schon gar nicht von einem so jungen „Bruder"! Ob ich die Arbeit nicht sehe, die doch überall herumliege. Mein Gegenargument, dass Papierablegen mich langweile, beantwortete er ganz unbrüderlich.

Meine Strafversetzung in die Landwirtschaft kam mir gerade recht. Draußen pfiffen die Vögel, das Gras frischgrün und der Landwirtschaftsmeister gut gelaunt. Die dort beschäftigten Behinderten konnten selber essen und laufen. Bevor ich mich eingewöhnt hatte, meinte der Direktor, ich solle noch zwei richtige Praktikas im Gemeinde- und Heimbereich ableisten.

Im pädagogischen Neuland

Das Kinder- und Jugendheim Tempelhof lag abgelegen in einer einsamen Gegend, im Volksmund „Schwäbisch-Sibirien" benannt. Die wehrhaften Mauern garantierten eine sichere Verwahrung der untergebrachten Heiminsassen – Kinder und Jugendliche, die nicht in den bürgerlichen Alltag passten. Das Land gehörte der christlichen Einrichtung, und in der dazugehörenden Landwirtschaft sollten die Kinder das Schaffen lernen. Schule fand nur vormittags statt.

Gegessen wurde im großen Gemeinschaftssaal. Die Erzieher saßen an einem Extratisch. Ich hockte mit den Zöglingen an einer der drei Tischreihen. Meine Aufgabe, für eine gerechte Verteilung der Speisen zu sorgen, bewältigte ich ohne Mühe. Von der Küchentheke holte ich die angeschlagenen Schüsseln, klatschte jedem einen großen Schapf auf den Teller. Schwieriger war die zweite Aufgabe, in den Reihen für Ruhe zu sorgen und Essensstibitzer zurechtzuweisen. In dem ehemaligen Gesindesaal hatten 120 Kinder Platz. Der Heimleiter sprach vor den Mahlzeiten ein Gebet. Wer sich nicht ruhig verhielt, durfte seinen Teller abgeben. Nach dem Hauptgang lief der Erziehungsleiter hinter den Rücken der Abgefütterten entlang, linste auf die Teller, blieb bei einem Jungen stehen. Dem schmeckte der Kartoffelbrei nicht. Der große Mann packte den „Schleckigen" am Hinterkopf, drückte sein Gesicht in das Übriggelassene und verlangte: „Koi Bröggele will i nachher sea." Ich dachte an meinen Vater.

Die Jungengruppe „Wikinger", der ich zugeteilt wurde, betreute ein Erzieherehepaar. Der Mann, ein ehemaliger Schlosser, absolvierte dieselbe Ausbildung wie ich, stand allerdings kurz vor dem Abschluss und war so gut wie nie da. Seine Frau, hochschwanger, unterstützte mich. Das schwierigste Geschäft begann nach dem Abendessen – die Jungs zum Schlafen zu bringen. Im Schlafsaal quietschten und knarrten 28 Betten. Um die Burschen müde zu machen, tobten wir auf der Spielwiese bis kurz vor 8 Uhr. Auf den Glockenschlag genau hingen nackte Oberköper über den Waschtrögen. Einem Wasserscheuen, unserem Dickerle, drückte ich einen Waschlappen unter die Achselhöhlen, wartete ab bis er mit der Reinigung und dem Abtrocknen fertig war. Und das Abend für Abend. Es gab keine Anweisung, die Körperteile unter der Hose zu reinigen. Ich hatte auch so genug zu tun. Die wöchentliche Säuberungsaktion erfolgte am späten Samstagnachmittag ab 16 Uhr im ehemaligen Schweinestall. Ausführende: das Hausmeisterehepaar. Kantige Kernseifenstücke, der günstig erworbene Restposten lagerte griffbereit am Eingang auf einer Palette. Der Vorrat reichte für die nächsten Jahre. Die Übergabe des Reinigungsmittels kontrollierte die Hausmeisterin. Für die Ausführung der Waschung war der Mann zuständig. Er kannte seine „Pappenheimer". Einmal beobachtete ich amüsiert, wie sich mein Waschmuffel pro forma einseifte. Sofort erkannte der Zuständige das Problem. Seine Lösung: Er steckte dem Waschunwilligen das kantige Kernseifenstück in die hintere Ritze. Eigentlich hätte ich lachen sollen.

Meine Aufgabe war einfacher. Ich legte die frische Unterwäsche, jedes Teil mit einem Namensetikett versehen, auf die Holzbankablage, achtete darauf, dass die Schmutzwäsche auf einem Pritschenwagen landete und wirklich nur mit echter Kernseife gewaschene Sachen angezogen wurden. Nach dem Ende der Säuberungsaktion folgte als krönender Abschluss das Schuheputzen für den Sonntag. Ich wagte es nicht, den Zeitpunkt zu hinterfragen. Die schlimmste Kontrolle war für mich das morgendliche Zähneputzen. Mir war es zuwider, angehaucht zu werden, schon gar nicht am frühen Morgen.

Die angenehmen Seiten im Heimalltag

Eine Stunde Fußmarsch zum nächsten Weiher war für mich und die Jungs das Schönste im kargen Heimalltag. Gedanken über ein Unglück beim Schwimmen machte ich mir nicht. Ich sortierte die Nichtschwimmer heraus. Sie durften den schilfigen Schutz nicht verlassen. Schwamm ich mit den Könnern weiter draußen, mussten die Plantscher sich auf die Wiese legen.

Vorrang vor der Schule hatten immer die Aufgaben auf Feld und Wiese. Das war manchmal für alle auch ganz lustig. Mir fiel immer ein Blödsinn ein, um den Kindern und mir die Arbeit abwechslungsreicher zu gestalten. Ich glaube, ich war sehr beliebt. Sprach der geringe Altersunterschied für mich? Oft beklagten sich die Großen über die Erziehungsmutter. Sie wäre nur zu ihren eigenen Kindern nett. Bei mir bemühte sie sich, Freundlichkeit auszustrahlen. Ihr bulldoggiges Aussehen und die Barschheit ihrer Ausdrucksweise machte es schwierig, ihr entgegenzukommen. Ich wurde nicht warm mit ihr. Kam ihr Mann übers Wochenende von der Ausbildungsstätte, war sie wie ausgewechselt.

Ihn konnte ich besser leiden. Er war sportlich und mir gleichwertig im Fußballspielen. So konnten zwei Mannschaften mit den gleichen Vorraussetzungen gegeneinander antreten.

Der Höhepunkt des Heimalltags – der jährliche Öffentlichkeitstag. Am Vortag ordnete Herr Scherer, der Heimchef, an, den Buben die Haare zu schneiden. Die Hausmutter übertrug mir die Aufgabe. Es fing mit der Schere an. Statt „ratsch" schrie der blonde Schopf vor mir „aua". War mein Werkzeug stumpf? Beim Dritten angelangt, stand der Anstaltsleiter hinter mir. Beim Versuch, hinter dem Ohr eine Gerade zu ziehen, touchierte die Klinge das Ohr. Das Geheul lockte Zuschauer an. Er hätte nichts von einer Schafschur gesagt. Sollte bis zu den Mittagsstunden kein ordentliches Ergebnis vorliegen, schicke er die ganze Mannschaft zum Frisör. Die Kosten für die Verschönerung werde mir von meinem „Lohn" abgezogen. Ein älterer Erzieher erbarmte sich meiner. Er brachte seine eigene Schere mit. Gezwungenermaßen spendierte ich dem Profi eine Flasche

Wein und den Kindern Schokolade. Mein monatliches Praktikantengehalt DM 90, auf die Stunde umgerechnet 50 Pfennig, für diakonische Verhältnisse eine ausreichende Summe Mir kam es viel vor. Ich hatte keine Ahnung, was die anderen verdienten. Meine Bedürfnisse deckten die Natur und der Körper meiner Freundin ab. Letzterer kam zu kurz.

Von meinem Heimatdorf bis zum Kinderheim, in einem ländlichen, richtig abgelegenen Gebiet, brauchte ich für 100 Kilometer mit öffentlichen Verkehrsmitteln einen Tag. An einen Jungen, er hieß Henry, erinnere ich mich genau. Nicht nur seines roten Haares wegen und der dazu passenden Sommersprossen. Er war die Widerspenstigkeit in Person. Seine Art, sich allen Erziehungsmaßnahmen zu widersetzen, machte jedem zu schaffen. Besonders gern legte sich der Feuerschopf mit der Obrigkeit an. Er forderte mit seinem ständigen Grinsen Strafandrohungen und saftige Diszipliniermaßnahmen heraus. Gelassen kassierte der Gestrafte „Hosenspannen" – der Zeigestock traktierte das Hinterteil – oder: in der Dunkelkammer hocken. Das gehörte zum Schulalltag Henrys – wie das dünn beschmierte Pausenbrot. Insgeheim bewunderte ich seine konsequente Handlungsweise, ja, ich nahm einige seiner originellen Streiche in Schutz und lieferte Henry nicht an das Standgericht der Pädagogen aus. An eine Sache erinnere ich mich deshalb so gut, weil ich als Junge denselben Blödsinn veranstaltet hatte.

Ob wir wollten oder nicht, das Heim stand in der Verpflichtung, dem Nachbarbauern in den Erntezeiten Hilfe zu leisten. Es galt Äpfel aufzulesen. Zwischendurch bewarfen sich die Jungs mit halbfaulem Obst. Henry beschäftigte sich mit dem Matschespiel eifriger als mit seiner eigentlichen Aufgabe. Der Bauer schalt mich, die Aufsichtsperson, packte den Erwischten am Schopf, schlug ihm an die Backen. Beim Nachhausefahren sprang Henry vom Pritschenwagen. Er wolle lieber heimlaufen.

Nach dem Abendessen stürmten der Heimleiter und der Bauer unsere Gruppenräume, auf der Suche nach einem Übeltäter. Henry fehlte beim Abendessen. Er hatte es vorgezogen, alle vollen Säcke wieder auszuleeren.

Es ging in den November. Die ruhige Zeit begann. Die Bauern brachten den Stallmist auf die abgeernteten Felder. Unser Nachbar belud am Abend seinen Karren mit dem wertvollen Dünger. Am Morgen lag der hölzerne Wagen kopfüber am Wegende. Es bedurfte nicht viel, die gutgeschmierte „Micke“ aufzudrehen und mit einem Schubs den Hang runterzulassen. Der Verdacht fiel auf Henry. Beweisen konnte es ihm keiner.

Praktikum in der Vorstadtgemeinde

Meine Aufgabe, bettlägerige Menschen mit Tonbandaufnahmen der Sonntagspredigt zu versorgen, machte mir und den Zuhörern Freude. Die alten Leute meinten es gut mit mir, beschenkten mich mit allem Möglichen. Eine alte Frau wollte partout, dass ich mir im Kleiderschrank ihres verstorbenen Ehegatten Sachen, die mir gefielen, heraussuchen sollte. Mir gefiel nichts. Anstandshalber nahm ich einen Anzug mit.

Einmal schickte mich der erkrankte Pfarrer zur reichsten Familie. Die Betonfabrikantenfrau beschenkte den armen „Lehrling“ mit einem größeren Geldbetrag. In dem Betonpalast konnte die Kranke von ihrer Bettstatt aus geschosshohe Fensterscheiben elektrisch versenken. Davon hatte ich noch nie gehört. Beim Abschied bemerkte die Dame, dass ihr die Art, wie der Herr Pfarrer redet, gut gefällt, aber „des Politische kennt er weglasse!“ Das wollte der Herr Pfarrer auf keinen Fall. Er war der festen Überzeugung, dass Waffen in der Hand eines Christen nichts zu suchen haben, schon gar nicht die furchtbaren Atomwaffen. Wie einige andere Geistliche gehörte mein Dienstherr zur DFU – Deutsche Friedensunion. Der wichtigste Vertreter der Pazifistenpartei war Martin Niemöller, ein Kirchenführer aus einer anderen Landeskirche. Im Zweiten Weltkrieg ein bekannter U-Boot-Kommandant! Für mich besaß der Kirchenobere alle Eigenschaften, die man für ein christliches Leben im Sinne der Bergpredigt benötigte: Mut – Zivilcourage – Bescheidenheit.

Die theoretische Ausbildung

Nach den Praktika durfte ich in den zweiten Kurs einsteigen. Der erste Kurs wurde mir erlassen, weil ich die Mittlere Reife hatte.

Die Unterrichtsstunden am Seminar waren vorwiegend am Morgen. Nachmittags gab es nur kleine Einheiten. Viele der Seminaristen arbeiteten noch im Haus- und Hofbereich.

Das Fach Ethik hatte es mir angetan, unterrichtet vom Leiter des Seminars. Dr. Lorch, silbergrau, schlank, humorig, weltoffen, verstand es, schwierige moralische Fragen anschaulich zu vermitteln. Sind die hohen Ansprüche der Bergpredigt in der heutigen, alles Althergebrachte über Bord werfenden Zeit überhaupt anwendbar? Zwischendurch berichtete mein neues Vorbild so eindrucksvoll von seiner Missionstätigkeit in Indien, dass ich ohne viel Drumherum sofort dorthin abgereist wäre. Zwei Backsteine und ein Brett als Sitzgelegenheit, eine Strohmatte zum Schlafen, eine Feuerstelle zum Kochen würden mir genügen. Ich war bereit.

Alles kam anders. Der Anstaltsleiter schlug mir ein Jahr später einen Auslandseinsatz in Afrika als Schulinspektor vor. Das zu betreuende Gebiet so groß wie Baden Württemberg. Die Auflagen, die es noch zu erfüllen gab erledigten sich problemlos. Alles scheiterte an meiner Verlobten. Der Arzt bescheinigte ihr keine Tropentauglichkeit. Wir hatten ihre Hepatitisgeschichte vergessen. Es dauerte seine Zeit, bis ich die Bilder von meinem Wirken im schwarzen Kontinent verscheuchte.

Kirche im Umbruch

Die Nachkriegskirche suchte nach neuen Wegen. Ein Umdenken war nötig. Verbale Schuldbekenntnisse reichten nicht aus. Zeichen setzen, Handeln war angesagt. Ich wollte auf alle Fälle den Dienst an der Waffe verweigern. Auf der Karlshöhe war die Kriegsdienstverweigerung ein wichtiges Thema. Unser Lehrer für das Neue Testament erarbeitete mit mir handfeste Argumente für die Befragung durch die Prüfungskommission. Herr Dr. Kunz bot sich als Beistand bei der Verhandlung an.

Bei der Musterung wurde ich zurückgestellt. Eine Verweigerung war nicht erforderlich.

Ich investierte viel Zeit in die neuen theologischen Erkenntnisse, kaufte, ohne Gedanken an die finanziellen Mehrbelastungen, die wichtigsten Ausgaben moderner Exegeten. Die Standardwerke des Alten und Neuen Testaments hatten mich schon ein kleines Vermögen gekostet. Die Gesamtausgabe der Bibelauslegungen, herausgegeben im Jahre '60 vom Vandenhoek und Ruprechtsverlag, in vornehmes graues Leinen gebunden, stellte ich an die beste Stelle in meinem Bücherregal.

Es gab ein schwäbisches Konkurrenzprodukt in bescheidenerem Format unter dem Titel „Die Botschaft des Alten Testaments". Davon kaufte ich nur die Ausgabe 10: „Die Erläuterungen zum Buch vom Lande Gottes", Herausgeber: Kirchenrat Gutbrod, mein Prüfer bei der Religionslehrstunde.

Von meinem Arbeitgeber erhielt ich nur einen Zuschuss für Werke, die direkt mit dem Religionsunterricht zu tun hatten.

Es gab in Stuttgart ein Antiquariat für theologische Bücher. So oft sich die Gelegenheit ergab, „stierte" ich in den Kisten nach günstigen Gelegenheiten, kaufte für wenig Geld eine ganze Tasche voll ein. Bald hatte ich keinen Platz mehr für die vielen „Schwarten". Beim Anlesen meiner Billigerwerbungen merkte ich, dass ich mich verkauft hatte. Mein Freund riet mir Mäßigung und zum Kauf von Neuerscheinungen. „Spar lieber eine Weile!"

Glücklicherweise erschienen im Jahre '62 bei rororo die ersten Taschenbuchausgaben namhafter Theologen zu einem anständigen Preis. Meine wichtigste Erwerbung: Rudolf Bultmanns Urchristentum. Mit Kuli und farbigen Stiften stürzte ich mich auf die neuesten Erkenntnisse über die geistige Umwelt zur Zeit des Urchristentums, pickte die „Sensationen" heraus und dokumentierte in Randnotizen meine Meinung. Ich liebte die Beurteilung „gt" (gut). Das ganze Bändchen war versudelt.

Bultmann galt als der große Entmythologisierer des Neuen Testaments. Seine Forschungen über die Mysterienreligionen der Syrer zeitigten ein Ergebnis von unerwarteter Schlagkraft – die Tendenz zur Allgottheit. Der Mythrakult, von den Römern nachpraktiziert, wurde zurückgedrängt. Bultmann trieb schon in den zwanziger und dreißiger Jahren mit seinem kritischen Textumgang den glaubenden Christen an den Rand des Verstehens.

Noch radikaler in den 50er-Jahren war die historisch-kritische Forschung des Ordinarius für Neues Testament, Prof. Herbert Braun.

Qumran

Die einschneidende Entdeckung der Quellentexte von Qumran im Jahre 1947 verarbeiteten alle namhaften Theologen in ihren Auslegungen. Es gab viel Aufregung über die These einiger Wissenschaftler, dass Jesus von Nazareth Anhänger der Qumrangemeinde gewesen sei. Die Schriften dieser jüdischen Glaubenssekte – der Essener – mit stark hellenistischem und orientalischem Einschlag, galten als die Sensation. Sicher war, dass die Handschriftenfunde vom Toten Meer eine neue Ära der Jesusforschung eingeleitet haben.

Ich freute mich über eine ganz anschauliche und bildhafte Ausgabe vom Kreuz-Verlag mit dem Titel: „Schatz von Jericho". Der Autor stellte Recherchen über den bedeutendsten Handschriftenfund zusammen. Das erste Kapitel – „Die Entdeckung" – führte den Leser auf eine andere Fährte als erwartet: „Es waren einmal zwei Brüder in Persien."

Die Ali-Baba-Geschichte aus „Tausend und eine Nacht". Zwei Hirtenjungen kannten die Geschichte schon in- und auswendig. Auf der Suche nach einem verlorenen Tier klimmt Achmed einen Felsen hinauf bis zu einem Plateau, dahinter ist es so steil, dass selbst die Ziege nicht weiterkann. Beim Umkehren sieht er einen Spalt, halbverschüttet, beseitigt einige Steine. Der Schlund der Höhle tut sich auf. Wie zum Spaß legt er einen Stein in seine Hirtenschleuder und lässt ihn in das Dunkle schnellen. Der Junge erstarrt! Aus der Tiefe klingt es nach Scherben, die zerschlagen.

Beim Vorlesen des Textes stoppte ich an zwei Stellen. Beim ersten Mal: „Ali Baba hört den Räuberhauptmann …“ Ein Junge der 5. Klasse ruft: „Sesam öffne dich!“ „Ja ja, das kenn' ich auch!“, stimmen die Kinder zu und erzählen das Märchen zu Ende. Ich hole die Schüler zurück, zeige den Umschlag mit dem Hirtenjungen.

„Der sieht aber komisch aus!“

„Wo lebt er?“

„Soll ich die Geschichte weiterlesen?“

Es war nicht besonders schwierig, die Schüler für die Wichtigkeit der wertvollen Funde zu begeistern. Anschaulichkeit – ein wichtiges Gebot für den Reli-Lehrer.

Ich brachte imitierte Schriftrollen, Tonkrüge. Die Schüler malten gerne die fremde Schrift in ihre Hefte. Wir fertigten die längste Schriftrolle, die Jesaja schrieb – über sieben Meter! Ich erzählte auch noch wie mit Viehherden Preise für Pergamentfunde ausgehandelt wurden und von der Jagd nach gestohlenen Schriftfunden.

Ständig suchte ich nach anschaulichen Unterrichtsmaterialien. In der Mittelstufe war das viel einfacher als in den oberen Klassen. Ich konstruierte Geschichten, um den Schülern den Zugang zu einem biblischen Geschehen zu erleichtern. Zum Beispiel: Der Untergang der Titanic. Die Schüler kannten die Geschichte nicht, fanden das Ereignis äußerst spannend, wollten mehr darüber hören, wunderten sich über die Überleitung zur Arche Noah.

In der siebten Klasse gab es eine Themenstreuung zwischen sozialethischem und biblischem Stoff. „Träume mit 13“, da konnten sich die Schüler wiederfinden. Beim Thema „Wunder – Beten – Jesus von Nazareth“ war es nicht so einfach, die biblische Wahrheit zu erarbeiten. Mit Schülern, deren Elternhaus den Boden zur Kirche verloren hatten. In der Hauptschule sprach die Klassenmehrheit ihre Aversion gegen die Elementarthemen der Bibel offen aus.

Urchristentum

Urchristlicher Kommunismus, war das die Lösung für die unlösbare Möglichkeit, im Dschungel des Kapitalismus „anständig" zu leben? Das Erbe des strengen, übermächtigen Gottes aus dem Alten Testament lastete schwer auf meiner Seele. Das Bewusstsein, vor diesem Gott ein Nichts zu sein, beschäftigte mich mehr als die gute Nachricht aus dem Neuen Testament von der großen unendlichen Liebe Gottes in der Person Jesu. Trotz der Verheißung der Sündenvergebung, verkraftete ich die ständigen Verfehlungen nicht. Welche Widersprüche taten sich im alltäglichen Leben auf. Ich rauchte nicht, trank keinen Alkohol, bemühte mich freundlich und höflich zu sein und scheiterte trotzdem. Ständig sagte oder machte ich etwas Falsches ! Ein Ärgernis, mit dem ich überhaupt nicht fertig wurde: mein Liebesleben. Sollte ich mich kasteien?

Es musste doch eine Möglichkeit geben, sich aus den Fangarmen des Polypen Konsum-Kapitalismus herauszuwinden. Die kräftigen Fesseln abzuschlagen, forderten die neuen Revoluzzer. Jedes Mittel war recht. Das konnte es nicht sein. Wohl hatte ich wegen den offensichtlichen Ungerechtigkeiten in unserer Gesellschaft und dem Übel, das wir in der Dritten Welt anrichteten, eine „Stinkwut" und das Verlangen, diese Übel auszurotten, aber doch eine innere Scheu zum letzten Mittel zu greifen.

Die Urgemeinde lebte in der Enderwartung. „Kommunistisch" teilen sie ihren Besitz auf.

Bibelschule Beatenberg am Thuner See

Die Auseinandersetzung mit den vielen verschiedenen Auslegungen der Heiligen Schrift stürzten mich in einen inneren Konflikt. Mal glaubte ich dieses, mal jenes. Außerdem störte mich das Verhalten einiger Mitstudierenden. In den Zimmern wurde geraucht und Alkohol konsumiert.

Diakonieseminar – Abschlusssemester 1962

Kurzum, meine Lehranstalt war nicht fromm genug! Wollte ich meinem Ehne nacheifern, so unantastbar werden wie er, musste ich mehr tun.

Der Auslöser für mein Ausscheiden war ein Prediger der Bibelschule Beatenberg in einer Zeltmission.

Seine Aussage: „An den kirchlichen Lehranstalten wird das reine Evangelium verwässert!", überzeugte mich, in seiner Einrichtung lernen zu können, das wahre Wort in richtiger Weise weiterzugeben.

Spontan verliess ich die Karlshöhe und reiste ein paar Tage später mit dem Zug in die Schweiz.

Die Bibelschule lag oberhalb vom Thuner See auf 1000 Meter Höhe. Der Rundblick auf das Bergpanorama Jungfrau – Eiger – Mönch bleibt unvergessen.

An einem schönen Sommertag betrat ich bibelhungrig das fromme Gelände. An der Pforte wartete ich auf meine Einweisung. Die Verwalterin wunderte sich über meine Ungeduld. Ich saß untätig gut eine Stunde auf einem Stuhl. In Gedanken setzte ich ein

Zeitlimit, noch 15 Minuten, dann bin ich draußen. Gerade als ich aufstand, klingelte das Telefon. Die Leiterin, Frau Dr. Wasserzug, bestellte mich in ihr Büro. Meine Herkunft und Vergangenheit kümmerte die Dame wenig. Ihr Interesse galt meinem biblischen Wissensstand. Sie zitierte bekannte Bibelstellen. Ungerührt nahm sie meine Bibelfestigkeit zur Kenntnis. Die Herrscherin über die Heilige Schrift kommandierte mich zum Hausmeister. Es täte mir gut, wenn ich zuerst bei den praktischen Sachen in Haus und Hof anpacke. Ich versuchte meine Enttäuschung zu verbergen.

Am nächsten Morgen hielt ich statt der Bibel einen langstieligen Besen in der Hand. Ich fegte bis zur Mittagsessenszeit. Im Gemeinschaftsraum standen alle Hungrigen vor leeren Tellern. Punkt 12 Uhr verstummten die Gespräche. Die Befehlsgewaltige erschien, betete im Stehen für die sündige Welt und vergaß auch nicht, mich, den Neuling, einzuschließen. Nach der Mahlzeit warteten alle bis die Gestrenge den Saal verließ. Ich schnappte die einzige Zeitschrift, ein christliches Wochenblatt,die auf dem Lesetisch lag. Den Rest der Pause studierte ich auf einem Schattenbänkle den frommen Inhalt.

Ich kam nicht bis zur letzten Seite. Der verlängerte Arm von Frau Bibeldoktor ordnete an, eine Wiese am Berghang zu mähen. Ich wollte widersprechen – in der Mittagshitze, ein Zeitpunkt, den ich gar nicht verstand. Bei Opa hatte ich gelernt, dass diese Tätigkeit frühmorgens oder auch abends ausgeführt wird. Der Hausmeister deutete mein widerwilliges „Aber" richtig und belehrte mich dahingehend, dass es nicht angebracht wäre, sich dem Willen der Leitung zu widersetzen.

Mit einer anderen Anordnung tat ich mich genau so schwer. Nach getaner Arbeit fanden wir uns zur Besinnung in einem zweiten Gemeinschaftsraum im Dachgeschoss ein. Vor mir hüpfte eine Bibelschülerin singend die Treppe hinauf. Ich stand an der unteren Stufe, schaute dem schwingenden Rock und den wohlgerundeten Waden nach. Mehr konnte ich nicht erhaschen. Eine entschlossene Hand drehte mich um die Achse, forderte: „Warte gefälligst, bis das Mädchen oben ist!" Statt einen Blick unter den Rock zu werfen, könnte ich in Ruhe das Bild an der Wand betrachten. Die Auferstehung, zwei mal drei Meter.

Betrat Frau Dr. Wasserzug den Lehrraum, standen alle Aspiranten stramm, die linke Hand auf der Bibel, die rechte an der Hosennaht.

Am Abend hielt ich Zwiesprache mit dem Ehne. Seine Antwort auf die Frage, ob es denn so streng sein müsse, war eindeutig. „Des hätt' der Herr Jesus gwies net wella!"

Am anderen Morgen hörte ich mit halbem Ohr den Auslegungen zu. Mittags entzog ich mich dem Angebot, den Rest der Wiese zu mähen. Ich spazierte auf dem Höhenweg mit Blick auf die Schneeberge. Im unteren Sehbereich verlockendes Wasser mit Badebuchten – der Thuner See. Das war ein Verstoß gegen eine weitere Regel – vier Wochen durfte ein Neuling das Gelände der Beatenberger Predigerschule nicht verlassen. Eine Hilfe zur besseren Eingewöhnung. Ich brauchte den Rat vom Ehne. Was sollte ich tun, ich war gut eine Woche hier und wollte wieder weg!

Ich passierte einen Wanderparkplatz. Die schicke, weinrote Farbe eines besseren Autos lenkte meinen Blick auf das Kennzeichen – S = Stuttgart. Ein gut gekleideter Herr stieg aus dem Mercedes. Der Chauffeur hielt die Wagentür. Den hat der Ehne „gschickt"! Ich traute mich und fragte ungeniert, ob er wieder ins Schwabenland zurückfahre. Die Antwort gefiel mir. Wenn ich zwei Stunden warte, solange würde der Spaziergang dauern, könne er mich mitnehmen. Ich stand eine Stunde zu früh am Wagen.

Bei der Heimfahrt stellte sich mein „Gönner" vor. Er war der Besitzer der Papierfabrik Scheuffele vom Lenninger Tal. Ich erinnerte mich an eine Albrandwanderung. Von der Höhe sah ich die Schornsteine rauchen. Noch wichtiger für mich, der Papierfabrikant saß als Präsident in einer Schlüsselposition der Landeskirche. Ungeniert erzählte ich von meinem Ausflug in andere Gefilde. Er empfahl mir, in den Schoß der Landeskirche zurückzukehren. Dort wäre ich am besten aufgehoben. Für diesen Rat bin ich ihm bis heute dankbar.

Ausbildungsabschluss

Ich setzte meine Ausbildung in der Diakonie fort. Nach Praktika und zwei Grundsemestern gab es die Möglichkeit, sich für eine Aufgabe im pflegerischen, sozialen Gemeinde- oder Schulbereich zu entscheiden. Den Pflegedienst schlug ich trotz guter Aufstiegschancen aus. Das kurze Intermezzo bei den Körperbehinderten nahm mir zwar niemand übel, aber es offenbarte eine bis dahin nicht gekannte Stelle in meinem Bemühen, Nächstenliebe in die Tat umzusetzen. Ich brachte es nicht fertig, ohne Widerwillen mit den körperlichen Gebrechen meiner Mitmenschen umzugehen.

Die Überlegung, im Sozialbereich meine Kräfte einzusetzen, verwarf ich bei dem Gedanken an die viele Schreibtischtätigkeit. Um so eifriger beschäftigte ich mich mit ethischen und theologischen Fragen.

Ich entschied mich für die christliche Unterweisung. Der Beruf des Katecheten beinhaltete die interessante Auseinandersetzung mit Jugendlichen über religiöse und lebenskundliche Fragen. Ich hielt die Aufgabe für sinnvoll und ausführbar. Der zuständige Lehrer, Herr Koch, ein Autodiktat, verstand es, Kinder, Jugendliche und uns Studierende mit seinem Auftreten für den Religionsunterricht zu begeistern. Seine Gabe: freies Erzählen, anschaulich und spannend, mit vollem Körpereinsatz.

Eine Darstellung blieb besonders haften – die Geschichte vom verlorenen Sohn. Er wälzte sich im Schweinekot, fraß stinkende Abfälle, und wie er aus Angst vor der Begegnung mit dem Vater zitterte. Herrn Kochs Stil nachzuahmen, verbot der Meister selber!

In den Lehrproben getraute ich mich anfänglich nicht, voll aus mir herauszugehen. Einzelne Erzählpassagen gelangen aber recht gut. Aus lauter Nervosität kam ich zu früh zum Schluss. Es waren noch 15 Minuten bis zum Unterrichtsende. In der hinteren Reihe saß die Prüfungskommission des Oberkirchenrats. Ich schaute jeden der Herren an. War ich durchgefallen? Mein Lehrer übernahm und führte die Stunde gekonnt zu Ende. Ich setzte mich auf den einzigen freien Platz – hinten bei der Prüfungskommission. In meinem

Kopf entstanden wirre Gedanken. Einfach weg, alles zurücklassen. Die Ausführung der Idee wurde durch das Läuten verhindert, es klang so schrill unter meiner schwitzenden Haut, ich wollte den Ton rausziehen, zusammenquetschen und die unangenehme Kugel in den Papierkorb an der Tafel werfen.

Vor mir baute sich eine dunkle Gestalt auf, eine Rabennase näherte sich und aus dem Darunter näselte eine Stimme: „So etwas darf nicht passieren!" Ich stimmte dem schwarzen Vogel zu. Der Herr neben mir wiegte den Kopf hin und her, drehte sich zu mir, zischte zwischen den Zähnen: „Das war nichts!", drehte sich weg, besprach sich mit den anderen vier. Der Dritte, ein seriöser Reiher, malte mit seinem Schnabel eine Zahl: eine Abwärtsbewegung, eine kurze Drehung nach rechts, eine Halbrunddrehung mit gebeugtem Kinn auf die geschwellte Brust. Die Fünf! Der vierte im Bunde, das kleinste Vögelchen, ließ seine Artgenossen die Köpfe zusammenstecken, reckte sich auf und zwitscherte: „Wir geben dir eine Gnadenvier!" Das kleine Männchen, Herr Kirchenrat Gutbrod, legte seine Hand auf meine gedemütigten Schultern. „Du wiersch des scho schaffe wem'r so guat erzähle ka, ond des andere lernsch du no!"

Keiner der vielen Besucher fragte bei der Aufnahmefeier für das kirchliche Amt in der barocken Friedenskirche, ob die Vier im Zeugnis reichen würde, in richtiger Weise Kinder und Jugendliche in Glaubensangelegenheiten zu unterweisen. Die Liste der freien Stellen für die eingesegneten Brüder war umfangreich, auf 21 Jungdiakone kamen 47 Angebote.

Meine erste „richtige" Stelle!

Der Direktor der Karlshöher Diakonie wies mir eine Stelle zu. Auf meinem Auftragszettel stand: Gemeindehelfer in einem Stuttgarter Vorort. Ich wusste nicht, worin mein Auftrag bestand, meldete mich am darauf folgenden Tag beim ersten Pfarrer der Gemeinde Weilimdorf. Mein Dienstherr verkörperte eher den ehemaligen Weltkriegsoffizier, gerader Gang, überlaute Befehlssätze, knappe Gestik, kurzer Auftritt. Mein Einsatzgebiet beschränke sich in seiner

Gemeinde, dem Pfarramt 1, auf das Erteilen des Zuhörerunterrichts. Die Konfirmandenstunde hielt er selbst. Mein Hauptaufgabengebiet erstreckte sich auf die Randgemeinde. Erleichtert klingelte ich an der Tür meines zweiten Dienstherrn. Herr König sah gar nicht wie ein Pfarrer aus, und von einem König keine Spur. Im Pfarrhaus wunderte ich mich über die Unordnung. Kinder tobten durch die vielen Räume. Zuerst wurde gegessen. Es ging laut und fröhlich zu. Selbstverständlich könne ich mich jeden Tag zur Mittagszeit einfinden. Mir gefiel es bei der Pfarrersfamilie.

Am Freitag wurde ich weitergeschickt, an den Tisch des ersten Pfarrers. Ich bemühte mich, genau so gerade zu sitzen wie mein Vorgesetzter, presste die Hände flach auf den Tisch. Der Hausherr schnarrte das Tischgebet. Das Amen fiel spuckegenässt in seinen Suppenteller. Zum Kaffee reichte die Hausfrau Zigarillos. Ich getraute mir nicht abzulehnen. Fast hätte ich mich wie ein Soldat vor seinem Hauptmann verabschiedet.

Am anderen Tag überreichte ich der ersten Pfarrfrau einen selbst gepflückten Blumenstrauß. Es waren in der Mehrzahl blauviolette, wild wachsende Iris, gepflückt am Weiher meiner täglichen Morgenrunde. Ich schnitt die langstieligsten ab. Form und Farbe standen im Einklang mit der Person, die ich in Gedanken vor mir sah. Meiner blonden Freundin schenkte ich Margeriten oder Gänseblümchen.

Ich hielt es nicht für angebracht, mein Präsent einzuwickeln. Überrascht drückte die Beschenkte die königliche Pflanze ungeschützt an ihre brombeerfarbene Bluse. Die blauviolette Blumenlippe verdeckte meinen Blick auf den Dekolleteeansatz, reizte meine Phantasie. Ich stellte die Überlegung an, ob ihre Wäsche weiß oder schwarz war, rot schloss ich aus – zu vulgär, blieb bei glänzend schwarz hängen, eine raffinierte Ergänzung zu den anderen Farben. Ich folgte ihrem Wink, ließ mir einen schwarzstarken Mokka anbieten, dem sie genau so zugetan war wie ich. Trotz unserem „Auf-den-ersten-Blick"-Verständnis purzelten aus meinem Mund nur Alltagsfloskeln, obwohl ich es doch zeitlich so geschickt eingerichtet hatte. Der Ehemann erteilte von 15–17 Uhr christliche Unterweisung. Beim Abschied wollte ich das Nichtgesagte nachholen. Ihr Mund roch nach der türkischen Köstlichkeit. Hals und Wangen glühten irisgleich. Viel hätte nicht gefehlt, unsere Lippen ungebührlich nah – ich wollte doch ihre Lippen berühren. In Gedanken quetschte sich der Schnurrbart des Ehegatten dazwischen. Ich trat den schnellen Rückzug in mein Quartier, ein Dachgeschosszimmerchen, an. Bei den anderen Pfarrers gab es keinen Anlass davonzulaufen. Die waren einfach nett und ungezwungen. Das Äußere der lieben Leute, eher rund als schlank.

Meine Vermieterin rückte meinen verdrehten Kopf in die gerade Richtung zurück. Die ältere Dame legte Wert darauf, nicht groß über ihre Zugehörigkeit zur oberen Gesellschaft zu reden – eine schwäbische Eigenart: Bescheidenheit. Die nächste Verwandtschaft, ihr Bruder, gehörte zur Boschfamilie. Sie selber diente als Frau Oberin im Robert Bosch Krankenhaus, eine Stiftung der Großindustriellenfamilie, und half aus innerer Verpflichtung dem nächsten Notleidenden. Erstaunt nahm ich zur Kenntnis, dass selbst ihre Neffen nach der mittleren Reife zuerst eine Lehre antreten mussten, bevor sie Maschinenbau studieren durften.

Ich kündigte auf das Schuljahresende.

Schon wieder Schule!

Der Bedarf an kirchlichen Lehrkräften war groß, viele staatliche Lehrer wollten keinen Religionsunterricht mehr geben. Die Pfarrer sollten sich mehr ihrer Gemeinde widmen und erteilten ein Mindestmaß von vier Stunden Unterricht. Mit meiner Stellensuche hatte ich doppelt Glück. Der Nachbarort neben meiner Heimatgemeinde suchte für die Haupt- und Realschule einen Katecheten für das neue Schuljahr. Ich durfte vor Dienstantritt in die großen Ferien gehen.

Die Einführung in der Realschule nahm der Rektor persönlich vor. Er stellte mich an die Stundentafel, zeigte auf die farbigen Kästchen unter den Einteilungen, ich war das gelbe. Die Farbe gefiel mir nicht. Ein Reli-Lehrer ist doch blau oder rot, im äußersten Falle grün. Ich war neidisch auf den katholischen Geistlichen, mit violett kam er gut weg. Die Unterrichtszeiten standen links vor dem ersten Kastenstrich.

Die erste gelbe Stunde, um 7 Uhr 45, gehörte der Klasse 10 a. Ich schaute auf die Uhr, noch 10 Minuten. Im Hinausgehen holte mich Herr Pfleiderer ein, legte eine Hand auf meine Schulter, er wolle mir schnell noch was sagen. Mit gedämpfter Stimme, dabei schaute er nach allen Seiten, um sicher zu gehen, dass uns niemand höre, teilte er mit, dass sein Sohn in der Klasse wäre und der hätte meinem Vorgänger das Leben schwer gemacht. Ich solle mich ja nicht unterkriegen lassen und streng vorgehen. Unbeeindruckt machte ich mich auf den Weg ins Klassenzimmer. Vor einem Monat gerade 22 geworden, vertraute ich darauf, dass der geringe Altersunterschied mir Vorteile brächte. Außerdem hatte ich auf Grund meiner körperlichen Verfassung keine Angst vor einer Auseinandersetzung. Das war auch gut so.

Die Tür stand leicht offen, dahinter herrschte auffallende Ruhe. Ich nahm die Türklinke in die linke Hand, stellte den rechten Fuß gegen den Türrahmen, spürte einen Widerstand beim Aufdrücken der Türe, benutzte mein Bein als Hebel, verschaffte mir dadurch Platz für einen Durchschlupf, packte den Widerständler am Oberarm, führte ihn zur vorderen leeren Bank. Ich zwängte mich auf den Schülerplatz, positionierte meinen Ellenbogen auf der Schreibablage, pendelte den Unterarm auf 90 Grad ein, forderte meinen Widersacher auf, Platz zu nehmen, fragte ihn, ob er sich mit mir im Armdrücken messen möge. Der Rektorssohn bewegte sich nicht. Ein Mitschüler schrie: „Feigling!" Widerwillig setzte sich der Zögerliche in Bewegung. Er stutzte, nahm Anlauf Richtung Ausgang, drehte sich um, schnaufte auf, stellte sich der Herausforderung. Seine Chancen waren gleich Null. Ich reichte ihm die Hand und empfahl ihm, weiter zu trainieren. Eines Tages würde er mich besiegen.

Sein Vater bat mich am nächsten Tag in sein Büro. Er würde mir gern eine Tapferkeitsmedaille verleihen. Ich könne jederzeit zu ihm kommen, wenn es Schwierigkeiten gäbe. Ich erzählte ihm nicht, dass ich als Schüler ein geübter Türzuhalter war. Die Klasse 10 a kürte mich einige Wochen später zum Lieblingslehrer. Der Unruhegeist zeichnete sich zwar nicht durch eifrige Mitarbeit aus, hielt aber die freche „Klappe", für die er so „beliebt" war.

Am nächsten Tag war die Grund- und Hauptschule dran. Drei Tage in der Woche „bediente" ich die Realschule, zwei Tage die „Volksschule". Der dortige Rektor führte mich auf den Pausenhof. Er zeigte am lebenden Beispiel, wie sich die Schüler aufzustellen hatten. Zuerst in Zweierreihe, Buben und Mädchen getrennt, die Kleinsten vorne. In der Mitte kasperte ein Junge herum. Ich beobachtete, wie sein Hintermann ihn in den Rücken stieß. So einem haut man an die Ohren, dann begreift der's schon. Disziplin war oberstes Gebot. Davon hatte ich am eigenen Leib genug abbekommen.

Aus meinem Auftreten konnte man ablesen, dass ich die lässige Art bevorzugte. Gleich in den ersten Wochen raunzte mich auf dem Weg in meine Klasse eine ältere Lehrerin an. Ich stand da wie ein Schulerbub. Sie warf mir vor, ich würde das Lehrersein nicht ernst nehmen. Überhaupt fände sie mein Lachen und meine übertriebene Freundlichkeit zu den Schülern nicht angebracht. In der Nachmittagsstunde – es war Hochsommer – hielt mich der Rektor auf. Er zeigte auf meine kurze Hose, zupfte an seiner Krawatte, deutete auf mein kragenoffenes Polohemd, ermahnte mich, auf keinen Fall, so wie heute und wenn es noch so warm wäre, mit einer kurzen Hose zu erscheinen. Das verbiete sich schon der Mädchen wegen. Er selber trug immer einen weißen Mantel. Ich fragte ihn, ob ich auf die Krawatte verzichten könnte, wenn ich einen Rollkragenpulli unter dem Jackett tragen würde. Er bejahte widerwillig. Beim Hinausgehen sah ich den Sportlehrer, der duch den Schulhausgang hastete – in Shorts. Wir wurden Freunde.

In der Lehrerrunde hockten wir inmitten von männlichen Kurzgescheitelten und weiblichen Dauerwellen. Mein Wuschelkopf übertraf die Haarpracht aller Kollegen. Beim Lehrerausflug, überlegten Harald und ich auf der Fahrt zum Wanderziel, ob es nicht heute eine gute Gelegenheit wäre, unserer lieben Kollegin einen Denkzettel zu verpassen. Wir kamen zu keinem Ergebnis. Weder bei der Wanderung noch an der Grillstelle ergab sich eine Gelegenheit. Unser Angriffsobjekt unterhielt sich ständig mit anderen Kollegen. Wir verschoben unseren Auftritt. Beim gemütlichen Zusammensein am Abend in einer Gaststätte tuschelte die angriffslustige Kollegin mit

Lehrerausflug

der Nachbarin. Und welche Unverschämtheit – ihr Finger zeigte auf uns! Dabei fiel das Wort „Langhaarige!". Wir warteten ab. Nach dem Nachtisch suchte unsere Dame das Klo auf. Wir setzten ihr nach. Ich hielt die Verbindungstür zum Restaurant zu. Wir wollten keine Zuschauer. Harald baute sich im Gang vor der Damentoilette auf, fragte die Herauskommende, ob sie noch etwas Langes sehen wolle, nestelte an seinem Hosenladen herum. Ich hielt ihn davon ab, sein Ding rauszuholen. Harald wettete darauf, dass uns am nächsten Tag der Rektor zu sich bestellen würde. Ich gewann. Ach, übrigens, war der Abend noch ganz lustig. Nur eine Person verzog kaum eine Miene.

Meine Sportleidenschaft passte den Frommen ganz und gar nicht. In der Lehrerschaft waren die Meinungen geteilt. Mein Sportlehrerfreund und ich gründeten einen Tennisverein. Die neumodische Sportart reizte uns. Wir spannten in der Schulhalle und auf dem Schulsportplatz ein Netz, droschen abgespielte Bälle in unangebrachter Kleidung auf dem falschen Bodenbelag hin und her. Das gefiel dem Rektor nicht. Im Übereifer hatten wir vergessen, um Erlaubnis zu fragen. Der Konrektor, ein drahtiger Typ, legte ein gutes Wort ein. Im Gegenzug warb er mich als Betreuer für seine Albvereinsjugend. Der Mehraufwand deckte sich mit den Vorteilen im bürokratischen Schulalltag. Von der Kollegin kamen keine Beschwerden mehr.

Im ersten Dienstjahr beorderte mich der Dekan zusätzlich für zwei Klassen an meine ehemalige Oberschule nach Schorndorf. Beim Betreten vom Lehrerzimmer klopfte ich wie gewohnt als Schüler. Ein bekanntes Gesicht öffnete mit dem Hinweis: „Jetzt ist Pause, komm später wieder!" Er komplimentierte mich auf den Gang zurück, bevor ich eine Erklärung abgeben konnte. Ich versuchte im Rektorat mein Anliegen loszuwerden. Die Sekretärin beschied mich mit dem Hinweis, dass der Direktor jetzt keine Schüler empfangen würde, die Sprechstunde, das stehe doch an der Türe, sei um 12 Uhr. Ich legte der Vorzimmerdame den Schrieb meines Vorgesetzten auf ihren Schreibtisch. Im Pausenhof holte ich frische Luft und neuen Mut. Nach dem Läuten unternahm ich den nächsten Anlauf. Der Herr Direktor stand mit Kollegen auf dem Gang, rief mich zu sich, ob er sich an meine Untaten von einst erinnerte, fand ich nie heraus, begrüßte mich mit „Dilger" ohne Zuschlag und bat den daneben stehenden Kollegen, mir meinen Unterrichtsraum zu zeigen. Das wäre gar nicht nötig gewesen. Das abgeschrägte Zimmer im Dachgeschoss, mein ehemaliges Klassenzimmer, hätte ich auch selber gefunden.

Nachdem der Schulleiter es nicht für wichtig hielt, mich den Schülern vorzustellen, betrat ich allein das bekannte Gelände. Die Klassen 8 b und 8 a wurden für den Religionsunterricht zusammengelegt. Alle Bänke waren belegt, der Lärmpegel wie gewohnt. Ich stellte mich vor, sprach die Buchstaben in schneller Reihenfolge, Dora – Ilse – Gerda – Erika – Ruth nach, schrieb den Namen dabei an die Tafel. Mein Einstieg war geglückt. Ich konnte loslegen, erzählte von meinen Erlebnissen in Israel und versprach, Dias zu zeigen. Die visuellen Reize und die Stories kamen bei den Zuhörern gut an. Ich beschloss, die Medien sinnvoll für den Unterricht zu nutzen. Die Schüler freuten sich. Nicht ganz so erbaut waren einige Eltern aus dem „frommen Lager". Ein Vater forderte energisch, dass die Bibel in jeder Stund' auf dem Tisch zu liegen habe und jedes Mal ein Text behandelt werden sollte. Eine Mutter verbot ihrer Tochter, den Passolini-Film „Das Evangelium nach Matthäus" anzusehen. Den eigentlichen Grund erfuhr ich über meinen Rektor. Ich hätte gerne in einem Gespräch zur Klärung meines Tuns beitragen wollen. Die Gelegenheit ergab sich nie. Alle Anschuldigungen kamen „hinten herum".

Einen richtigen Aufstand gab es bei dem Projekt, einen gemeinsamen Jugendgottesdienst in der katholischen Kirche zu starten. Das Singspiel „Ein Schiff, das sich Gemeinde nennt" beinhaltete keine revolutionären Gedanken. Die Ausführung orientierte sich an den Berichten über die christliche Urgemeinde. Vor dem Altar bauten wir aus Sperrholz ein nichtseetüchtiges, bootsähnliches Gefährt mit Sitzplätzen für die Gemeindemitglieder. Heftiger Sturm kam bei der Fahrt übers Meer auf. Wir klammerten uns aneinander, schmetterten den Song über das notwendige Zusammenstehen in schwierigen Glaubenszeiten in der Kirchengemeinde. Zu den Proben meldeten sich viel zu viele Schüler, das Boot drohte zu sinken. Davor bewahrten ein paar besorgte Eltern ihre Kinder. Es sei ihnen nicht zuzumuten, in einem katholischen Gotteshaus zu agieren.

Für mich war der Ort des Geschehens ein Heimspiel. Mein eigentlicher Dienstort war ja nicht die Stadt Schorndorf, sondern das Weingärtnerdorf Grunbach, eine der Hochburgen schwäbisch-pietistischer Gemeinschaften. Die Katholischen lasen nicht genug in der Bibel, sangen auf lateinisch und mochten die Maria mehr als den Herrn Jesus. Ob ich wohl katholisch werden wolle, fragte mich vorwurfsvoll ein evangelischer Gemeinderat. Es ist schwer nachzuvollziehen, warum ich als Gegner einer Gesinnung, mit der ich aufgewachsen war, ausgemacht wurde. Entsprechende Bibelstellen, die gegen mein Tun sprachen, konnte ich nicht ausfindig machen. Ich wollte dem obersten Prinzip der Diakonie gerecht werden – den Menschen dienen um des Herrn willen. Die bürgerlichen Werte gerieten ins Wanken. Der biblisch überlieferte Jesus glich nicht gerade dem Häuslesbauer und unermüdlich schaffenden schwäbischen Bürger. Mein Jesusbild deckte sich nicht mit Omas gutem Hirten über dem Schlafzimmerbett. Den gütig lächelnden Heiland verwandelte ich in einen mit Worten heftig streitenden Gerechtigkeitsfanatiker. Die blauen Augen übertünchten stechende, dunkle, fordernde Blicke. Was tust du für die Benachteiligten der Welt? Mein erklärtes pädagogisches Ziel als Reli-Lehrer war nicht die Bewahrung des frommen Zustands der schon Bekehrten, die Frommen konnte ich doch nicht noch frommer machen, sondern das Bemühen um die, die den Zugang zur Kirche verloren hatten.

Es gab in den schönen Remstaldörfern immer mehr Zugezogene, darunter auch Arbeiter- und Angestelltenkinder, mit wenig kirchlichem Potential. Diese Schicht bewohnte mit drei, vier Kindern enge Mietwohnungen, spielte und liebte den Fußball und gehörte politisch zu den Linken. Ich mied die wöchentlichen Bibelstunden, den Männerkreis, selbst den sonntäglichen Gottesdienst nahm ich nicht wahr. Ich gesellte mich auf die Seite der „Weltlichen". Das Motto Jesu, die Verlorenen zu retten, nahm ich wörtlich. Ich bewegte mich in der Albvereinsjugend, wie einer von ihnen, zog Bundhose und rote Kniestrümpfe an, wechselte dann zu den Jusos (Jungsozialisten). Die Wanderer waren mir doch zu bürgerlich und interessierten sich so gut wie gar nicht für soziale Angelegenheiten.

Der Ortspfarrer rümpfte die Nase, konnte aber keinen Druck ausüben. Das tat der Kirchenpfleger. Für ihn war ich ein Roter und das ein willkommener Anlass, an mir zu sparen. Der Pfarrer fuhr einen Mittelklassenwagen und ich auf'm Fahrrädle! Ein Drittel meines Gehaltes, ungefähr die Hälfte eines Handwerkergesellen-Einkommens, ging für die Miete drauf. Das Pfarrhaus mit den vielen Räumen kostete ein „Nasenwasser". Ich konnte mir die Butter aufs Brot nicht leisten. Mir fiel es leicht, die Radikalität des Nazareners in Sachen Besitztum nachzuvollziehen. Durchs Nadelöhr, durch das kein Reicher durchpasste, schlüpfte ich ohne anzuecken. Ich erkannte in der urchristlichen Bewegung Ideale, die für die aufbrechende Konsumgesellschaft zu gelten habe. Vieles deckte sich mit kommunistischen Zielen.

In dieser Zeit stand mir ein neuer Schuldekan bei. Seine theologischen Ansichten deckten sich mit meinen. Politisch waren wir sowieso durch die gleiche Partei vertreten. Mein Eifer, mehr für die soziale Gerechtigkeit zu tun, eröffnete mir eine bescheidene Politkarriere. Ich nahm an Schulungen teil, schlug später das Angebot, aktiv in die Parteiarbeit als Unterbezirkssekretär einzusteigen, aus. Ausschlaggebend war: ich als militanter Nichtraucher ertrug die verqualmten Nebenzimmer bei den Versammlungen nicht. Betrat ich einen schlecht gelüfteten Raum, riss ich ohne zu fragen alle Fenster auf. Damit eckte ich auch bei den älteren Mädchen in der Schule an. Bei meinem Beliebtheitsgrad konnte ich die Maulerei: „Herr Dilger, mir verfrieret bei Ihne!“, gut wegstecken. Die Jungs machten sich weniger draus, übernahmen mein Argument, frische Luft erwärmt sich schneller, und meine Maßnahmen zum Ärger der Weiblichkeit. Ich steigerte meine Provokationen. Am Beginn des neuen Schuljahres betrat ich den Schülergottesdienst mit einem Vollbart und langen Haaren. Die Schüler klatschten. Ich nahm Abschied vom Bürgertum. Zurück zur eigentlichen Basis bedeutete, die Menschen aufzuwecken, aus ihren bequemen Strukturen herauszureißen.

Weihnachten – Unser Weihnachtsspiel

Das Fest aller Feste – die Geburt Jesu – sah ich als die Gelegenheit meine Mitmenschen aufzurütteln.

Mit den Schülern plante ich für die Weihnachts-Schulfeier eine szenische Darstellung. Die Klasse 10 b, die mitmachen wollte, zeigte im Unterrichtsgespräch ihren Unmut über den Ablauf der Feiertage. Ein Mädchen kündigte an, später, wenn sie selber entscheiden könnte, das ganze Drumherum zu ignorieren. Der gemeinsame Nenner: Das Weihnachtsgeschehen – eine flüchtende Unterschichtsfamilie, die Frau schwanger, der Entbindungsort eine karge Höhle, die Besucher der Geburtsstätte Hirten, Menschen zweiter Klasse – stand im krassen Gegensatz zu unserem Fress- und Geschenkfamilienfest.

Die Schüler stimmten meinem Vorschlag zu, ihre Schilderungen über die unterschiedlichen Familienabläufe in Spielszenen umzusetzen.

Wir bildeten Gruppen. Das Thema begeisterte die Mitwirkenden. Aus den in Gruppen erarbeiteten, recht unterschiedlichen Texten mixten wir die provokantesten Stellen zusammen. Bewusst übertrieben.

Am Tag der Ausführung – der letzte Schultag – hetzten Schulleiter, Lehrer und Schüler von einer Wichtigkeit zur anderen. Den Schlusspunkt sollten wir setzen.

Die Stuhlreihen vorne besetzten die Elternvertreter, eingeladen vom Rektor. Keiner wusste, was gespielt wurde. Die Ansprache vom Elternbeiratsvorsitzenden leutselig, die adventlichen Seelenlieder schwebten durch die Tannenzweige, landeten in den geöffneten Herzen, die Kerzen erhellten Gemüt und Gesicht, eine passende Einstimmung auf unsere Darbietung.

Die erste Szene

Eine Familie sitzt am gedeckten Tisch. Unter einem mickrigen Bäumchen, liegt eine Unmenge Geschenkpackungen in allen Größen, abgedeckt mit einem Leintuch. Beim Aufbau kam einem Mädchen die Idee, die Pakete in Form eines menschlichen Körpers zu drapieren. Erklärung: tote Geschenke! Andere Teilnehmer plädierten für einen Abfallberg aus Geschenkpapier. Beide Vorschläge kamen zum Zug. Rechts auf einem Haufen türmten sich die Gaben der nichtanwesenden Verwandten. Die Namen der Beschenkten malten wir riesengroß mit Rot beim Sohn, mit Blau bei der Tochter auf die Geschenkpakete. Auf mein Zeichen starten die Geschwister, reißen die Päckchen auf. Sohn tritt vor, um seinen Hals hängen zwei Krawatten, vor den Bauch hält er weiße Hemden, wendet sich zum Publikum: „Das ist genau das, was ich mir gewünscht habe!", geht hinter den Vorhang, kommt zurück, dreht sich kurz zum Publikum, aus einer Tüte hängt eine lange Krawattenschleife, geht breit grinsend auf den Vater zu, überreicht ihm huldvoll den ganzen silbrigvornehmen Stoff. Mutter kommt vor, bindet liebevoll das schöne Stück um Vaters Hals. Ihr Kommentar: „Die steht dir gut, passt zu deinen Haaren!"

Bei Tochter und Mutter läuft dasselbe Spiel mit Parfüm. Chanel No. 5 gegen 4711. Die beiden beschnuppern die Duftkreationen, besprühen sich. Sohn meckert über die Stinkerei.

Szene 2

Man sitzt zu Tisch. Mutter und Tochter sind hinter dem Vorhang. Sohn fragt mit Unschuldsmiene den Vater, ob es wohl dieses Jahr auch Saitenwürstle mit Kartoffelsalat gäbe. In dem Augenblick bringt Mutter einen dampfenden Kochtopf, der Sohn sticht mit der Gabel hinein, zieht das Gebrühte heraus, schwenkt die Schweinereien in Kopfhöhe wie eine Kette hin und her, lädt jedem ein Pärchen auf den Teller. Tochter zieht das extragute Porzellan weg. Schreit: „Ihr wisst doch, dass ich kein Fleisch esse!", steht abrupt auf, ihr Stuhl fällt dabei um, wettert gegen die Fleischfresserei, stampft mit dem Fuß, Sohn hält sich demonstrativ die Ohren zu, die Empörte kommt an den Tisch zurück, richtet den Zeigefinger auf eine Herdattrappe im Hintergrund, die Klappe ist offen, eine übergroße Pappmachégans ist nicht zu übersehen, und betont in Manier einer Weltverbesserin: „Die armen Tiere werden gegen ihren Willen gestopft! Und an der Käfighaltung seid ihr genau so schuld!" Sie verabschiedet sich mit „Tierquäler!" und lautem Türzuschlagen. Sohn ruft ihr „Dumme Gans!" nach. Vater wendet sich zur Mutter: „Soll ich mir das gefallen lassen?" Mutter ermahnt den Sohn: „Warum musst du immer mit deiner Schwester streiten, wenigstens am Heiligen Abend könntest du nachgeben." Sohn stellt die Frage, ob es nicht vorrangig wäre, sich um Menschen zu kümmern, statt um die dummen Tiere, denen es auch nicht besser gehe, wenn sich die blöde Schwester einmische. „Warum tut sie da nichts?" Er rollt ein Plakat auf: Die hungernden Kinder in Biafra. Wir hatten uns vorgenommen, am Ende der Vorstellung für die armen Hungernden in Afrika zu sammeln.

Szenenwechsel! Ich trete zum Publikum und sage: „Das war Familie Nummer 1."

Nach einigen kleinen Veränderungen, eine anspruchsvollere Dekoration, weiße Tischdecke, Servietten, Kerzenleuchter; besser angezogen, tritt eine neue Besetzung auf. Ich, also der Chef der zweiten Garnitur, stelle uns vor: „Wir sind eine Familie, aus den sogenannten besseren Kreisen. Bei uns wird echter Lachs aus Norwegen aufgetischt. Wir haben einen Tannenbaum, keine billige Fichte, beleuchtet mit elektrischen Kerzen, und die Geschenke können sich auch sehen lassen. Vater, – wieder ich – tritt zum Edelbaum, bückt sich und überreicht huldvoll der Dame des Hauses ein aufwendig eingepacktes Schächtelchen mit dem Hinweis: „Des hat mee wie 'n Tausender koscht! Ond nächscht Jahr gibt's dr richtige Mantel dazu (Persianer). Tochter hilft der Mutter beim Anlegen der Perlenkette. Der Herr des Hauses verteilt großzügig an den Sohn eine Markenuhr mit der Bemerkung: „So oine kasch deine Freund zeige!" Die Tochter kam auch nicht zu kurz.

Nach der Bescherung findet ein weiterer Szenenwechsel statt. Beide Familien sind zusammen auf der Bühne. Die Mütter stimmen Lieder an. Alle singen den ersten Vers der Allerweltsweihnachtslieder laut mit, bei den nächsten Strophen wird es immer kläglicher. Nur Oma hält mit. Nach dem dritten Versuch dreht der Vater das Radio an. Ich muss von einem Gerät zum anderen springen. Mein Kommentar: „Die Wiener Sängerknaben können es besser!" Während des Gesanges: Sohn 1 hält die Ohren zu. Sohn 2 lümmelt. Im Radio enden die Lieder. Es ist Zeit für die Nachrichten. Eine Sprecherin sitzt hinter dem Gerät. Ihre Stimme klingt echt überzeugend. Zuerst liest das Mädchen die Grußbotschaften der Regierenden vor. Bei den News aus aller Welt wird die Stimme lauter: „In Vietnam einigen sich beide Kriegsparteien auf eine 24-stündige Waffenruhe." Opa steht auf und gibt einen Kommentar zur Lage ab: „Ond nachher schiesset se wieder uffanander!" Der Vater widerspricht Opa. Beide werden lauter. Inmitten der Auseinandersetzung schleichen sich die Kinder davon. Eine Tochter verabschiedet sich von der Mutter, mit dem Hinweis, sie gehe zum Freund, die andere meldet sich zur Freundin ab. Die anderen hocken noch da und hören gespannt zu. Erst als Oma die beiden Männer energisch auffordert mit dem Streiten aufzuhören, schnappt Sohn 1 das Radio, geht hinter den Vorhang, der zweite zieht nach, bringt sich vorher noch in Szene, zeigt den Streithähnen mit Hand und Finger das „Peace", ein damals nicht so häufiges Symbol und verbalisiert sein Unbehagen mit dem neu aufkommenden Begriff für das unverständliche Verhalten der Erwachsenen: „Typisch!" Die Jungs drehen in ihrem Zimmer Rockmusik auf. Vater schaltet den Fernseher ein. Das Ehepaar glotzt fern. Mutter hat ihr Strickzeug auf dem Schoß. Opa geht einen Stumpen rauchen. Oma geht mit, kommt ohne ihre silbergraue Perücke zurück, stellt sich in die Bühnenmitte. und singt: „Ehre sei Gott in der Höhe und Friede auf Erden und den Menschen ein Wohlgefallen!"

Wir verteilen Singzettel mit dem Text, fordern die Zuschauer auf mitzumachen, winken sie herauf und schmettern zusammen den Kanon. Unsere zwei Jungs tragen an Bohnenstangen befestigt ein Spruchband durch die Menge. In vielen Sprachen, umrahmt von Tauben mit dem Ölzweig im Schnabel steht: Friede auf Erden!

Papa winkt alle Akteure zu sich her, legt die Arme um die Schultern der Nebenstehenden – wir rufen gemeinsam: „Friede in der Familie!"

Der Elternbeirat ist sitzen geblieben. Er zupft an seiner Feiertagskrawatte.

Aller Anfang ist leicht

Ich kam nicht in die Verlegenheit, an Geldvermehrung zu denken. Das tat der Herr Dekan. Montagnachmittag, beim Pfarrkränzchen, die strickenden Pfarrfrauen umrahmten mit Kaffee und Kuchen das geistliche Programm, begutachtete der Pfarrvorgesetzte die Opferbereitschaft seines Bezirks. Der hagere Kirchenpfleger packte mit seinen Habichtsklauen die aufgereihten Opferbüchsen vom Nebentisch, platzierte das Gespendete vor den Begutachter, leerte den Inhalt. Der Kirchenobere umrahmte mit gestützten Ellenbogen den Opfergeldberg, sprach dem Herrn Jesus und dem Herrn des Himmels seinen Dank über den Segen aus. Im Aufblicken wandte er sich an seine Untertanen, spornte uns freundlich an, zur Vermehrung des unentbehrlichen Gutes beizutragen.

Bei der Verabschiedung wagte ich, meinen obersten Dienstherren in einer anderen Geldangelegenheit um Gehör zu bitten. Ich bat ihn um einen Beitrag für eine Monatskarte für den Zug, um von einer Schule zur anderen zu kommen. Er lehnte ab.

Ich fuhr bei Wind und Wetter mit dem Fahrrad. Das Geld brauchte ich notwendig. Als Anfänger erhielt ich, bezahlt nach der niedersten Dienstalterstufe, gerade mal ein Drittel eines Pfarrergehaltes. Das Hauptärgernis war: die ganzen Privilegien eines Pfarrstandes gingen an mir vorbei. Zu meinem ersten Unterrichtsbesuch wurde der zuständige Kirchenrat aus Stuttgart von einem Chauffeur in einem schwarzen Mercedes angekarrt. Mein Fahrzeug lehnte in gebührendem Abstand beim Fahrradabstellplatz.

Meine Unterrichtsstunde über Franz von Assisi wählte ich absichtlich. Es war kein Pflichtthema. Der Unterrichtsplan vermerkte: Eine Möglichkeit, einen katholischen Heiligen kennen zu lernen, der das Evangelium in wahrer Weise vorlebte. Der „Franzl" gefiel mir von Anfang an. Meine Erzählung über sein Leben in Armut bauschte ich drastisch auf. Die Pflege der schwärenden Wunden eines Kranken in einem dieser elenden Spitäler schilderte ich so anschaulich, wie ich konnte. Der krönende Höhepunkt: der einstige reiche Kaufmannssohn und ausschweifende Jüngling ernährte sich von den Abfällen der Küchen. Franz griff mit seiner abgemagerten Hand in das übel riechende Gemisch der Essensreste. Das „Bäh" meiner Schüler kalkulierte ich ein. Der Herr aus dem Oberkirchenrat lobte mein Engagement für die Sache.

Mit meiner anschaulichen Art zu erzählen, landete ich in der Schülergunst ganz vorne. War ich gut drauf, setzte ich den biblischen Geschichten noch Selbstgemachtes drauf. Verlangte ich Arbeitsdisziplin – Hefteinträge, Hausaufgaben – erwarteten die Fleißigen als Belohnung „a Gschichtle". Bei den Großen flocht ich meine Erlebnisse aus der Zeit der Pubertät ein. Meine Offenheit belohnten die Schüler mit Anerkennung, die über das Normalmaß hinausgingen. Das Vertrauensverhältnis freute mich, brachte aber auch Schwierigkeiten, mit denen ich in meiner Unerfahrenheit nicht rechnete.

Die Schülerbeschwerden über „blöde" Lehrer häuften sich. Ich stellte mich auf die Seite der Rechtlosen. Zudem war ich kein Freund der bürokratischen Aufgaben sowohl von staatlicher wie kirchlicher Seite. Mühsam gewöhnte ich mich an das ordentliche Eintragen meiner Stunden-Tätigkeit ins Klassenbuch, selbstverständlich erteilte ich keine schriftliche, disziplinären Bemerkungen,

Strafarbeiten waren keine vertretbaren Maßnahmen. Die Abläufe im Lehrerrat, meistens schien die Sonne, hielt ich zum großen Teil für überflüssig. Die Endlosdiskussionen über das Rauchen, das Ziel für den Lehrerausflug, bedurfte mehrmaliger Anläufe. Es blieb mir unverständlich, warum viele Belanglosigkeiten, von der Pausenaufsicht bis zum Vesperverkauf immer mit der gleichen Intensität bei jeder Sitzung „aufs Tapet kamen". Es gelang mir, ob unbemerkt ist eine andere Frage, Arbeiten zu korrigieren oder im Spiegel zu lesen. Die Kurzglossen eigneten sich hervorragend. Da konnte ich mich zwischendurch melden und einen Diskussionsbeitrag abgeben. Ging es dem Schluss zu, strafften einige vernünftige Kollegen, mit denen ich Faustball spielte, die Tagesordnung. Leider vermasselte uns eine Dame, die sich gern reden hörte, mit ihren Wortsalven unser Vorhaben, pünktlich aufzuhören. Selbst den Abstimmungsantrag, darüber abzustimmen zu einem rechtzeitigen Ende zu kommen, boykottierte die Schwätzerin. Beim obligatorischen Bier nach dem Lehrersport beschloss die Männergemeinschaft, es ihr heimzuzahlen. Wie wusste keiner so recht. Alle waren für eine Begrenzung der Redezeit. Der Rektor teilte unsere Meinung nicht. Er hatte auch kein Ballgefühl.

Sozialer Einsatz

Auf dem Weg zur Schule führte mein Fahrrad mich an dem neuen, ständig wachsenden, Industriegelände vorbei. In einem der Gebäude verdiente ich als Ferienarbeiter vor gar nicht langer Zeit mehr Geld wie jetzt als kirchlicher Angestellter. Das Erinnern an meine Tätigkeit in der Metallfirma brachte mich auf die Idee, die Basis zu besuchen. Außerdem hegte ich den Hintergedanken, Erfahrungen über die Situation der Arbeiterschaft zu sammeln und die Ausgebeuteten zu einem Eintritt in die Gewerkschaft zu bewegen. Zu meinem Vorhaben nützte ich eine Freistunde um die Mittagszeit.

Meine ehemaligen griechischen Arbeitskollegen, mit denen ich einst im Lager für Ordnung sorgte, waren alle noch da, hockten im verrußten Kantinennebenraum, das war ihr bevorzugtes Rückzugsgebiet, und wie konnte es auch anders sein, klatschten abgegriffene Karten auf den Vespertisch. Neben der Spielerhand von Alexis häuften sich große Scheine. Wieder spielten die Süchtigen um Riesensummen. Es war ein Wunder, sogar Gregor, der Unermüdlichste, hörte auf, die gemischten Karten neu zu verteilen. Die Freude über meinen Besuch begossen wir mit Ouzo, den ich doch gar nicht vertrug. Was faszinierte mich an diesen Männern, die Dinge liebten, denen ich nichts abgewinnen konnte? Sollte ich wirklich die Runde davon überzeugen, wie schlecht die Arbeitsbedingungen in ihrem Betrieb waren und vor allem, die Truppe, die nie über die Arbeit maulten, darüber aufklären, wie der kapitalistische Fabrikherr sich an ihnen bereichert. Ich verabschiedete mich, ohne auch nur ansatzweise ein Wort über mein Ansinnen zu verlieren.

Schwäbische Aussichten

Mein Fahrrädle ließ das Industriegebiet schnell hinter sich – das Remstal hinauf. Die Gedanken blieben. Warum klappte es nicht, die Fremden in ihrer Welt zu verstehen. Mir gefiel ihre Unbekümmertheit, das Leben zu meistern. Schwer tat ich mich mit der Lautheit, mit der Leichtsinnigkeit, Geld zu verschleudern und die unbändige Art zu rauchen und zu trinken.

Das ganze Industriegebiet befremdete mich. Die Menschen brauchten Arbeit. Trotzdem – die hässlichen Gebäude, die harten Gerüche, der ständige Krach! Standen hier nicht Erlen und dort Weiden?

Der Fahrtwind blies mein Unbehagen zurück, dorthin wo es herkam.

Meine „zueene" Nase öffnete sich. Grasgeruch! Ein Habicht auf Nahrungssuche kreiste über den Talwiesen, beschwerte sich über den Störenfried. Ich flog mit dem Verärgerten hinüber zu den Berghangwiesen.

Opa mäht die unnötigen Brennnesseln am Wegrand. Oma krempelt die Ärmel hoch, beschaut das Neugesetzte, reckt den Arm am neuen Bäumchen hoch, schiebt die Fingerkuppen am dicksten Zweig entlang, dreht sie um eine Verdickung an dem saftigen Gehölz, winkt mich mit dem freien Arm zu sich her: „Bua, guck was da Schös dro isch!"

Mittenrein
Gernot Dilger
Gedichte, Texte, Bilder in Öl, Skulpturen
ISBN 978-3-940259-14-1
60 Seiten, Klammerheftung
27 farbige Abbildungen
Preis: € 6,-
schweikert bonn verlag, Stuttgart

aus dem Inhalt:

WALDSEE AM NACHMITTAG

oder

NATURSCHUTZGEBIET
BETRETEN VERBOTEN

Es gibt
Ihn
oben
im fremdem Land
still ruhend
wie unsere Väter
sangen
den See
der stillen Harmonie
umrahmt
vom Waldesraunen
eingedeckt
mit singendem Schilf
Wasser
unschuldig
wie ein Kind
vergeblich
sucht
das Auge
den verräterischen Film
die Arme greifen
rund
fassen nicht
das vergessene Glück

SONNENUNTERGANG

Sommer
riecht noch aus den Haaren
Beerenduft
vom trocknen Walde
im Gaumen steht
Wind kräußelt
übern See

Dämmerung
glättet die Wellen
Rotballon
fällt in den Horizont
rosa Streifen
drücken
dunkel grüne
Waldesmauer
in die Erde
tief hinein

Abendschatten
steigen aus dem Wasser
der Tiefe auf
meine Seele
wird ganz still
weiß nicht mehr
wohin sie will
legt sich
in das bleierne Wasser
müd
zum Sterben hin

❖